叶长海诗文选

王淑瑾　主编

文匯出版社

叶 长 海 教 授

回 首

检点从来百事疏，
身随世运自乘除。
青春逐梦路千里，
白首还家酒一壶。
未尽文章磨岁月，
尚多生趣付江湖。
平居孰道东风老，
更有秋怀在客途。

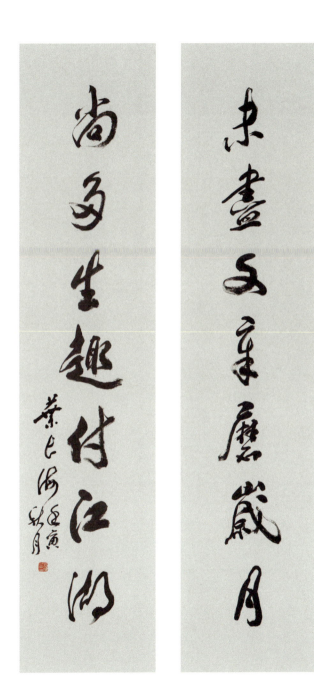

未盡文章歷歲月

尚多生趣付江湖

目 录

上编·诗选

下编·文选

谁唱西厢

初

年

豪气随

时短月底

临右军
家翻左史
读东坡

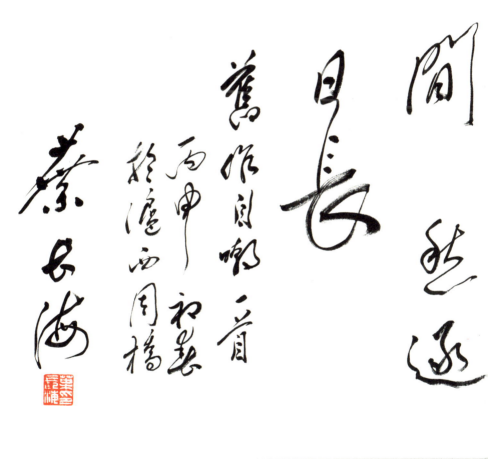

闻 笛 逐

日 長

旧 作 闲 咏 一 首

丙 申 初 春 蔡 长 海

蔡 长 海 临 沧 而 同 揭

東坡文事薈先驅風
范賞崖，千年心難恭
羣球重窩振葉下大
羅山下窩新窩

五 言

山 云

二〇〇二年十一月十六日

无云见山形，有云见山魂。

风急云泼墨，风定云行吟。

朝来云带雨，夕去云洗心。

人在山中行，烟云满胸襟。

蜡 梅

二〇一五年一月三日

春秋不见君，见君在腊月。
万般正冷寂，一树尤英发。
金朵现冰心，疏枝展神骨。
十日暗香流，满园润芳泽。
似对小草言，报春毋迫猝。
严冬迎雪飞，斗寒自腾越。
忽忽年时暮，群芳犹未觉。
花事各不同，唯君独兀兀。

紫藤花下

二〇一七年五月十一日

紫藤花开日，赏花紫藤下。
见花浓且密，闻香淡而化。
长叶终成荫，乘凉在盛夏。
可惜秋冬后，空余紫藤架。
明年还如此，时移莫惊诧。

偶　感

二〇一七年五月

观云知聚散，观花知盛衰。
观潮知起落，观月知盈亏。
观山须仰望，观水须低眉。
俯仰不由人，浮沉易伤悲。
世情演于前，有为有不为。
莫惜行路难，须知道心微。

登泰岳

二〇二一年七月十一日

山底关爷庙，山头玉帝峰。

披云穿旷谷，望岳上清穹。

壁咏贤豪句，香燃神圣宫。

天门犹未见，身已在天中。

陈钧德艺术与文献特展观后

二〇二一年九月二十六日

行脚东西界，会心虚实间。

深情入梦境，浓彩写人寰。

疫情数月，禁足期间，未见春色，却已入夏

二〇二二年六月

才闻惊蛰声，疫情压黄浦。

原为清明尽，孰料过重午。

年月报夏时，春风未入户。

惜春人怅恨，残花落无主。

岂容乱乾坤，共谋祛病苦。

抗疫众声起，何日澄寰宇。

七 言

读报有感

一九七九年一月一日

时转乾元传好音，欲兴华夏赖同心。
寰中今看开新局，会意诗人正夜吟。

和陈汝衡老师

一九七九年十二月三十一日

迎新茶话会上，戏文系陈老先生即
席赋诗，次韵试和一绝。

天觉冬寒心觉温，兴衰世事转如神。
如能岁岁真除旧，便可年年见创新。

和傅雪漪先生

一九八〇年一月二十七日

傅雪漪先生惠示新作一绝，次韵咏游莫愁湖。

莫愁湖上水天融，街市浮尘一洗空。
轻艇欲归游未足，晚霞如绘染天红。

赠傅雪漪先生

一九八〇年一月二十九日

时傅雪漪先生在南京昆剧团导演《大风歌》。

处处为家处处逢，弦歌传唱见奇功。
京华翻得胡笳就，又下江南唱大风。

参观苏州戏曲博物馆

一九八七年十月三十一日

画壁歌台色色新，当初会馆可追寻。
谁人借得平常屋，留驻江南最雅音。

游洛绝句三首

一九八九年十月十一日

　　己巳重阳前后，应邀赴"九朝古都"
洛阳考察与游学，文事之余，即与师友
漫游于邙山洛水之间，兴之所至，每以
吟咏为乐。

五凤楼遗址

武氏登临废李唐，崇楼王事两茫茫。
于今唯有城边土，道是当年旧洛阳。

古孟津渡

江上浮云空弄影，渡头流水自吟诗。
千年征战浑无迹，濯足游人知不知。

西汉古墓

山魈刻画容颜丑，人鬼王侯形骨枯。
海内学人勤考索，黄泉觅得汉家图。

雁荡山月

一九九一年十一月二十五日

树影婆娑弄小风，倚天奇石变形容。
朦胧山外朦胧月，来照人间并蒂峰。

蜀中游四首

一九九三年一月

成都三苏祠

故宅三苏世共知，河山灵气毓名祠。
亭楼形廓遗风在，衰草疏花亦好诗。

望江楼薛涛井

一泓残梦在荒郊，此井因何名薛涛。
欲觅红笺无影迹，登楼唯见水迢遥。

壬申除日，成都赴峨眉山途中作

远山隐约雨迷蒙，一驾轻车走蜀中。
野外平川铺浅绿，怡然更有酒杯浓。

癸酉元日，别峨眉赴乐山

寒云蔽日正年初，烟锁峨眉行迹疏。
心有乐山大佛在，轻车驾雾上云途。

温州江心屿三首

二〇〇一年七月

其 一

瓯江孤屿媚中川，岁月如诗一脉传。
四面云涛长进退，钟声灯影慰心安。

其 二

无边风月孰开先，目送飞鸥逐浪前。
行到当年山尽处，凌云桥外有新天。

其 三

千年风雨事微茫，江寺无言江水长。
行远难忘双塔影，曾经留梦说怀乡。

楠溪江
二〇〇一年七月

一派清溪出古原，峰重谷转赴瓯门。
滩林深浅层层碧，石舍高低落落村。
岭上农桑同日月，江中游旅共晨昏。
乡人欲别还回首，山远水长萦梦魂。

雁荡山

二〇〇一年七月

东瓯何处写三雁，北岭悬崖飞二龙。

为有奇峰浮海上，从教佳话满寰中。

际天湖畔说徐客，流水源头怀谢公。

入夜群山相对语，朦胧月色古今同。

注：雁荡山风景区分为北雁、中雁、南雁三处，
俗称"三雁"。胜景集萃在北雁，其尤以大龙湫、小
龙湫为最。

相　约

二〇〇一年八月十四日

聚散依依往复来，遥天寄语独怜才。

座前相会还相约，胜事如花岁岁开。

遂昌印象

二〇〇一年八月

山间应信有仙都，云近琼楼自澹如。

墟老传闻源自宋，林深溪水碧成乌。

汤公治邑轻权贵，粟帅题名重读书。

藏地金坑无意得，偏修残罐识唐虞。

注一：汤显祖于明万历年间曾任遂昌县令。

注二：二十世纪三十年代曾于此处领导游击战的
粟裕将军为遂昌中学题写校名。

烟雨黄山行

二〇〇二年十一月十六日

闲步入山飞雨天，奇峰远近影绵延。

若无若有凌空石，时去时来穿峡烟。

云海胸怀融万里，松风情意越千年。

溪流何处如私语，逗引游人梦欲仙。

故　人
二〇〇三年八月十三日

故人情事岂无痕，创业艰勤在远村。
欲写云程难下笔，天涯一梦到乡园。

乡　情
二〇〇三年八月十七日

若说东嘉曲曲程，一闻乡语即同声。
七都舟楫瓯江水，九斗烟霞岐海城。
曾有古风播草野，岂无新韵育精英。
人间事业青云路，未尽三生故土情。

梅峰观岛

二〇〇三年八月二十四日

登高望远在峰头，无限湖光一览收。
水抱青山山抱水，舟推碧浪浪推舟。
云烟偶显回环路，松竹犹藏隐约楼。
是处蓬瀛谁画出，人工造化各千秋。

黄龙秋

二〇〇四年十月十七日

登高时节识奇峰，云树葱茏枫欲红。
一夜雪飞山尽白，秋观冬景在黄龙。

九寨沟印象

二〇〇四年十月十七日

造物何来此妙思，高原置景叹神奇。

危滩壁挂珍珠瀑，曲海鱼翔翡翠池。

过眼经幡皆密语，染山霜叶正秋时。

惊闻社鼓知村寨，奏唱康巴别样词。

无悔追梦

二〇〇四年十二月十五日

上海昆剧团"昆大班"学员从艺五十周年，成书嘱题，书名《无悔追梦》。

魂牵国乐有谁知，五十春过无悔时。

总以曲高声自永，几经世乱气如丝。

定情密誓双星远，冥判回生一梦奇。

幸有芳馨播艺苑，人间遍唱牡丹词。

苏州河心语

二○○五年八月十七日

尘声奔逐市声稠，何若苏河寂寂流。
一世愚狂汙碧水，十年醒悟启良谋。
因修林岸迎飞鸟，且整风旗动赛舟。
如问鲈鱼亡已久，还生许在意中游。

注：苏州河通名吴淞江、松江，历史上曾以盛产鲈鱼闻名，故而古时有"鲈江"之称。《后汉书·方术传下·左慈》云："操（曹操）从容顾众宾曰：'今日高会，珍馐略备，所少吴松江鲈鱼耳。'"宋苏轼《后赤壁赋》云："今者薄暮，举网得鱼，巨口细鳞，状似松江之鲈。"明李时珍《本草纲目》亦载云："鲈出吴中，松江尤盛。"数十年来，由于河水污染，苏州河渐成了黑臭无鱼的"死水"。近年上海人民开始整治苏州河。

自 嘲

二○○八年九月二十一日

临右军前翻左史，读东坡后唱西厢。
年初豪气随时短，月底闲愁逐日长。

波士顿游咏，
步曾永义先生《重访哈佛》韵

二○一○年十一月十二日

远东携友泰西游，洋女扬旗自领头。
书入燕京真似海，学临哈佛恰逢秋。
欲明史迹千楼过，未了天涯一段愁。
走马长街无意绪，放舟郊外水悠悠。

注：哈佛大学有燕京学社，其图书馆收藏了大量中文典籍。

与田仲一成先生同游京都银阁寺

二〇一一年一月十五日

有波无水静沙滩，银阁清寒花影残。
庭院半藏丛树里，何人待月在东山。

观奈良春祭展览有感

二〇一一年一月十九日

迁都古史已茫然，春祭一千三百年。
舞乐有形描下易，声歌无影觅回难。
世间行事随时见，地底宫园何日还。
至此游人常驻足，凝思犹可得消闲。

感 时

二〇一二年一月十四日

从学经年在海涯，书生意趣复根芽。
任由翰墨非时尚，犹自登临感物华。
上国交游心路远，名园凭吊夕阳斜。
念中遗迹无寻处，旧景江南有几家。

咏 鼓

二〇一二年一月二十四日

大可登堂小可腰，秧歌队里响如潮。
唐皇乘兴凭旋舞，汉士临危演骂曹。
征战旌旗听上令，琼筵戏乐见旁敲。
谯楼四顾乘时动，高处一鸣破寂寥。

诗人咏

二〇一二年一月二十六日

一生行迹三生梦，千古骚坛万古人。
忧国已传端午事，归田更缀武陵文。
三唐气象留名久，两宋风情入调新。
世有草堂连蜀道，情关民瘼句方真。

偶 题

二〇一二年二月八日

旭日清风抚野市，午窗残梦到乡关。
当年芳草伤神处，人去他山不见还。

博物馆咏

二〇一二年二月十三日

登堂入室且徜徉，阅史寻根在现场。
古器临观知六厄，先民稽考到三皇。
迩时名迹遐时物，百处搜求一处藏。
世有奇珍同赏识，人无贵贱共芬芳。

次韵奉和曾永义先生《七十自咏》

二〇一二年二月十五日

结侣年年如有神，等闲诗酒醉长春。
曲填汤沈案头雅，戏演王关场上新，
扬子临江花烂漫，峨眉登顶雪横陈。
九州风月挥毫过，管领人间自在身。

春 寒

二〇一二年二月十六日

永日浓阴压四乡，寒风带雨湿天光。
云低空港航班改，烟笼江城楼影藏。
晚雪飘空观乱舞，早梅含蕾盼流芳。
迎春已有池边草，欲染庭园见淡妆。

养伤偶成

二〇一二年二月十九日

文事奔忙走九原，东西南北乱晨昏。
飞来一劫因伤骨，卧养三冬欲断魂。
隔水听歌风送响，倚楼观象月临轩。
传闻尽是齐东语，偶尔神游到古村。

次韵奉和王仁杰先生
《三畏斋剧稿自题》

二〇一二年二月二十八日

浑茫艺苑赖开宗，独秀梨园名岂空。
宁守东篱吟野菊，不图上国唱华宫。
民魂恨失浮沉际，道术思存翰墨中。
写尽悲欢风雨事，霜毫掷罢笑鸡虫。

早　春

二〇一二年三月二十日

鸟已啁啾柳已催，人行街市忘春回。
早樱经雨缤纷落，提引游心思赏梅。

昆明狮子山传说四首
二〇一三年一月二十二日

大明天子事荒唐，一役破城告国殇。
收拾游魂成野老，披袈应悔做君王。

乾坤倒转月昏昏，剩有飞鸿留旧痕。
天下传闻皆隐约，寻踪须上此山门。

一树参天六百春，牡丹犹放万株存。
名花古木由君植，此事有无谁细论。

阅史无由意兴阑，当年征战鼓声残。
亡君事迹传常在，因有西南狮子山。

人生七十

二〇一三年五月

尘世喧阗岁月催，闲吟难得翰为媒。
园边已老东坡竹，座上初停北海杯。
逝水岂从今夕尽，新株犹待别时栽。
年来疏问纷繁事，唯有家山常梦回。

温州踪迹五首

二〇一三年五月十九日

重访水心村

一式新楼布景奇，乡园无复旧容姿。
人生总有忘情处，此水此桥犹少时。

过九山湖

游湖忆昔事迢遥，别梦长萦窦妇桥。
曾是宋人歌舞处，惜无形迹辨前朝。

注：九山湖窦妇桥很有名，但未闻有关窦妇的故事。不知从何时起改称"胜昔桥"，此乃一大败笔。南宋时温州已有"九山书会"创作南曲戏文，九山湖畔应有热闹的戏曲演出。

初识宝严寺

山中古寺幸长存，一片清幽鸟不喧。
墙外若无瓜圃在，应疑误入武陵源。

晚晴院怀弘一法师

湿地三垟持锡行，鹿城郊路十年程。

禅房写足弥陀字，月伴孤灯在晚晴。

注：弘一法师驻锡温州十二年，常住三垟宝严寺。大师居处自称"晚晴院"。

温州大学校史馆观后

东瓯文事着先鞭，风范黉堂八十年。

心系寰球重振笔，大罗山下写新篇。

园边杜鹃

二〇一四年四月十四日

闲枝散朵倚墙栽，为展红妆梦几回。
强入名园零落过，何如草野满山开。

昌黎经行处二首

二〇一四年五月

一石遮天开洞门，千年苦旅此藏身。
为何山转水回处，总有孤行独驻人？

昌黎避难在山隈，镌石传人费忆猜。
若使当年天不雨，谁人知有大儒来？

注：郴州江岸一山洞壁，刻有"昌黎经此"字样。
传说当年韩愈被贬潮州，舟行便江，遇风雨而避身于
此坦洞。

巴黎莎士比亚书店二首

二〇一四年十一月十二日

塞纳河边一店藏，穷幽谁共话沧桑。
远洋游子来寻访，喜见明灯照夜长。

市隐小楼书砌成，无言已过百年程。
文坛风雨纷纭事，牵动五洲笔底情。

游鉴湖景区

二〇一五年六月二十一日

浪托喧声入镜湖，船家犹自诩三乌。

岸行商市匆匆过，鲁镇街头说有无。

注：三乌，指绍兴特产乌篷船、乌毡帽、乌干菜。
鲁镇，系鲁迅小说中之水镇，今已建成一大景区。

岁末感怀，和曾永义先生

二〇一六年一月十六日

莫道年光犹自多，一生行迹半蹉跎。

难全十拍胡笳曲，勉学零星易水歌。

风月成诗词已尽，江山入画墨新磨。

闲游若许重浮海，共醉蓬瀛乐几何。

汤显祖礼赞

二〇一六年二月二十日

曾有一章惊魏阙，更成四梦感人寰。
临川才士千秋笔，唱遍神州曲未阑。

读汤偶感

二〇一六年八月一日

世事浑茫绕梦魂，风情一路到临川。
传声岂独歌坛曲，更有奇思说太玄。

乡 愁

二〇一七年四月十四日

花恋故枝犹有树，燕寻前宅已无家。

路人如问乡人事，时在天涯时水涯。

回 首

二〇一七年四月二十九日

检点从来百事疏，身随世运自乘除。

青春逐梦路千里，白首还家酒一壶。

未尽文章磨岁月，尚多生趣付江湖。

平居孰道东风老，更有秋怀在客途。

抚州寻梦

二〇一七年六月十八日

四百年前旧梦圆，雨丝风片到临川。

过桥闲步文昌路，穿巷苦寻耕读园。

万寿宫中藏舞屋，汤家山上卧诗魂。

多情曾谱三生曲，流转戏坛千古传。

北京恭王府观游偶成

二〇一七年八月二十六日

帝城宏府走王侯，无定衰荣两百秋。

五进宫门惊侈阔，九回园景叹深幽。

山神庙伴龙王庙，蝙蝠楼怀歌舞楼。

时转曾为修艺处，开新今更任闲游。

合肥古迹三首

二〇一八年八月二十二日

包公园

包公冢上草青青，千古祠堂不尽情。
莫怪年年香火旺，只因世浊盼官清。

赤阑桥遗迹

肥水东流自古今，词翁底事忆听琴。
可怜终是合肥女，消索芳踪无处寻。

李鸿章故居

欲诉淮军难尽言，几间旧宅藏风烟。
是非成败前朝事，只作画图过眼前。

小游麻姑山

二〇一八年九月二十八日

一日临川半日闲，驱车直上麻姑山。

唐公碑刻仙坛字，宋相事传榆木栏。

为感古风瞻老树，旋寻曲水到新湾。

惜无时节清游遍，愿饮秋醪一醉还。

注：唐颜真卿曾撰书《麻姑山仙坛记》，世称"天下第一楷书"。今麻姑山仙都观建鲁公碑亭，置新刻《仙坛记》大字碑。又，据称宋相文天祥曾主管仙都观，所植榆木一株，今犹存活，高仅三尺许，特筑小围栏加护。游人戏称其为"榆木疙瘩"。又，山坪处新凿湾洄水渠，欲效晋兰亭"曲水流觞"故事也。

故国情

二〇一九年九月

曾展鸿图惊世界，更牵时运振群英。

千秋事业天涯路，到处相逢故国情。

闲居吟

二〇二〇年五月九日

避祸卜居回本根，谁传禁令遂封门。

开窗室有山林色，闭目心无尘世喧。

一望云天连海宇，半墙经籍益诗魂。

偶得佳辞须自足，穷达原来无轻轩。

庚子即事

二〇二〇年五月三十一日

泰平年运已摧残，是处封城正岁寒。
孺子弦歌联网上，士流弘辩聚云端。
三春故国天初定，五月寰球命未安。
曾历病殃无净土，迷蒙世路更行难。

泰山日记

二〇二一年七月十二日

朝拜岱宗心久悬，今凭一缆到层巅。
偶逢王圣留痕处，偏忆史诗传世篇。
登顶为瞻天外日，穿云且作雾中仙。
清宵骤起高山雨，枕上听声扰夜眠。

注：一缆，指泰山索道，其自山腰"中天门"直
上山顶"南天门"。

曲阜孔庙

二〇二一年七月十四日

圣庙堂皇似故宫，天朝祭礼典仪隆。
千年道统师承在，仰看丰碑立碧空。

壬寅有感

二〇二二年七月三十一日

寻常日月再壬寅，传道黉门六十春。
每共诸生修学艺，其中甘苦自难陈。

诗 馀

虞美人
一九八三年十二月七日

　　阅戏曲进修班学员所作七律《秋色》篇，感慨系之，试咏一阕。

眼前笔墨撩情绪，多少伤怀句。十年时事去匆匆，一样韶光不返水流东。　　数篇读罢应无愧，秋色犹堪醉。夜深何事独徘徊，道是更调新韵唱人才。

浣溪沙

二〇二〇年二月二十九日

雾锁江城事事休。名园人散剩空楼。细思唯有水长流。　　厌看热词张戾气，聊匀淡墨写闲愁。瞬间心绪总无由。

菩萨蛮　武汉启封

二〇二〇年四月八日

离居无日知甘苦，天灾人祸欺荆楚。一旦报开城，轻歌自纵情。　　转思心莫急，慎耍生花笔。病且未知根，须追到九原。

清平乐　疫情

二〇二〇年四月十三日

荆门失守，毒染迎春酒。封路祛邪强出手，
四月妖氛败走。　　瘟君诡迹谁知，掀翻
别处城池。一疫环球同命，欲安还待天时。

浣溪沙 夜吟

二〇二〇年四月十四日

世事繁难只独行。凭栏寻句晚风清。未成
一韵已三更。　　夜色犹深心已曙，江堤
若睡水先醒。忽闻晨鸟试新声。

诉衷情 遥想温州大学

二〇二〇年五月十五日

百年大计出乡关。弦诵喜登坛。东瓯文脉相续，岁月显奇观。　　新世纪，傍罗山。海天宽。溯初亭畔，才俊三千，放眼追攀。

满江红 愚园路忆旧

二〇二〇年六月十一日

家住愚园，桐荫处、寻常巷陌。随尘世，历经风雨，再生魂魄。华屋犹然歌舞地，名居已了雄枭客。旧阁楼、曾寄十年情，承恩泽。　　书生志，何促迫。邦国事，犹商酌。转身间作别，旧时穷厄。笔写长街言破立，人临深院图兴革。细审详、何处是新程，重鞭策。

西江月　庚子夏至

二〇二〇年六月十九日

倏忽群芳摇落，方将万木葱茏。江南入夏雨迷蒙。更值黄梅雾重。　　西楚才清邪气，北都惊现魔踪。艰难抗疫尚无终。为问全球与共。

清平乐

二〇二〇年六月二十七日

人生行脚，回首征程迫。良将马前曾献策，亦许挥毫裂帛。　　观花易感春情，听风时叹秋声。一样流年似水，凭谁笃志传承。

相见欢　酷暑

二〇二二年八月十二日

荷塘叶败花蔫。日相煎。未料热昏形魄是今年。　　观人世，灾情至，夜难眠。只盼风雷卷雨送凉天。

曾沧鸿图频惊世界变

壹举时运振群英年

秋事业天涯路玉家

枳违故园情

兴 会

致艺术家

艺术家不是时装模特儿，不是为了炫示时尚的外衣；他的动人之处，在于他的精神魅力。

艺术家不是商品推销员，不是在走家闯户花言巧语中张扬他的廉价商品；艺术家以自己的心魂与生命铸造精神成果的永恒价值，他用作品对人类说话。

艺术家不是一只快乐的小鸟，只要高兴就能唱歌；他歌唱，多半是由于他感到了痛苦。

艺术家不是一台新式的唱机，只要一按电钮，就可以唱昨天的歌、今天的歌、东方的歌、西方的歌，唯独没有自己的歌；艺术家也要唱中外古今的歌，但他都是在唱自己心中的歌。

但艺术家不是飘游于天外的神仙，而只是尘世中的凡人。他从淳朴的大地汲取才思，他让心中的情泉流注人间。他倒很像是在古老的土地上默默耕耘的农夫。

一九九五年八月

诗人的无弦琴

据萧统《陶渊明传》载，陶渊明备有一张"无弦琴"，每当饮酒适心时，就抚弄它以寄托意兴。由于陶渊明抚琴意在心中之趣，而不在琴上之声，故而琴之有弦无弦，也就并不重要。也许，无弦无声比有弦有声更适于彼时诗人的心境。

画论则有所谓"无笔""无墨"之画。清人布颜图认为，笔墨能绘有形的、实在的东西，却不能绘无形的、虚空的东西。譬如山水之间的"烟光云影"，变化无常；晦暗中的"气"或隐约间的"神"，茫无定象。这些飘忽无形的自然现象，就无法用笔墨来描绘，于是古画家就创言以"无笔之笔""无墨之墨"来表现。"无笔之笔，气也；无墨之墨，神也。"（《画学心法问答》）就是试图用主体的"气"与"神"来表现客体的"气"与"神"。这叫作"以气取气"，也就是以虚写虚。

文论家也有所调"无字"之文。清初金圣叹把文章分为三种境界：其一是圣境，即"心之所至，手亦至焉者"；其二是神境，即"心之所不至，手亦至焉者"；其三是化境，即"心之所不至，手亦不至焉者"。他把化境视为最高境界，这正是一种"无字"之文的妙处。他说："文章至于心手皆不至，则是其纸上无字、无句、无局、无思者也，而独能令千万世下人之读吾文者，其心头眼底乃睿睿有思，乃摇摇有局，乃铿铿有句，而烨烨有字"（《水浒传序》），此真是"不著一字，尽得风流"。这种绝妙的"文章"，用避实就虚的办法，把一些幽微难明的文思精髓留在文字之外，让读者凭借各自的想象力和创造力，从中产生许多形象或思想。故而金圣叹又说："自古至今，无限妙文必无一字是实写。"妙文不用"实写"，那么用什么呢？那就要用"虚写"了。按金圣叹的话来说，就是"'当其无'处而后翱翔、而后排荡"（《西厢记·请宴》小序）。这也正是"以无胜有"的道理。

天下的确有许多事物、许多学问并不是文章所能穷尽的，故而读书还有读"无字书"的说法。什么是"无字书"呢？清人廖燕说："无字书者，天地万物是也。"（《答谢小谢书》）原来是指书本之外的客观世界。《红楼梦》中云："世事洞明皆学问，人情练达即文章。"也是说明许多学问与文章要在"无字书"中获得。

此时，我们不期然地想起了那个千古难解的"无字碑"。在西安乾陵，多少人曾在武则天墓前的"无字碑"处低回沉吟。这位中国历史上最有权势的"女强人"，在她自己的纪念碑中，却缄口不言了。这就引起后人的种种思索。她是自以为功业至大至伟，无法用文字来表达？她一生与许多传统伦理观念相叛忤，故而至死还以无言表示对抗？她自知平生事业，令人毁誉不止，故而就不愿多费口舌，而留待后人自去裁决，这或者也正是表示她的自信？或者她本来就是个与众不同的女人，一生行事，已是逆天叛理之甚，如此立一块与众不同的石碑，无非是再做一次与世相悖的事情？

有这个无字碑矗立于此，遂使身旁那个男性皇帝的有字碑显得大为失色。

"此时无声胜有声"，我们在"无迹可求"处，就这样体味出无限妙文来。

一九八九年十月三十一日

落花情味

见落叶而悲秋，见落花而伤春，人多如此，文人尤然。自古以来有多少落花诗令人低咏吟叹。

"一片花飞减却春，风飘万点正愁人"，"昨夜闲潭梦落花，可怜春半不还家"，"多情只有春庭月，犹为离人照落花"……

亡国之君的去国之痛自然是无限的："流水落花春去也，天上人间。"（李煜）志满意得的达官贵人何以也要叹惜："无可奈何花落去，似曾相识燕归来。"（晏殊）而所谓"豪放派"词人，见落花亦不免幽怨悱恻："春色三分，二分尘土，一分流水。细看来，不是杨花，点点是离人泪。"（苏轼）

唐人严恽作《落花》诗云："尽日问花花不语，为谁零落为谁开？"其意遥深，无奈地感叹人事浮沉，人生命运的不可自主。宋人欧阳修点化其诗句而作《蝶恋花》词云："泪眼问花花不语，乱红飞过秋千去。"词意更为深幽，浑不着迹地透露出深闺女子的落寞忧伤。杜牧亦有《叹花》绝句，其云："自恨寻芳到已迟，往年曾见未开时。如今风摆花狼藉，绿叶成荫子满枝。"这里借花喻人。据《唐摭言》记载，杜牧早年游湖州，曾见一民间女子，仪态动人，遂与其母约定"等我十年"。十四年后，杜牧任湖州刺史，见那女子已嫁人生子，于是借叹花而咏叹自己的失落感与莫名的惆怅。

曹雪芹笔下的"葬花吟"，意永情长，缠绵婉转，可令千古才人心死。林黛玉面对落红阵阵，一边葬花，一边哭诉："侬今葬花人笑痴，他年葬侬知是谁"，"一朝春尽红颜老，花落人亡两不知。"她哭花，更是在哭自己心中之苦，遂使"宝玉听了，不觉痴倒"。读者至此，除非是铁石心肠，谁能不为之黯然泣下，叹息深深？

但也有见落花而不知作何情状的。王维那首著名的五言诗《辛夷坞》，只二十个字："木末芙蓉花，山中发红萼。涧户寂无人，纷纷开且落。"作者悄无声气，冷眼旁观，沉入物我两忘的闲寂状态。这是怎样的一种无可言说的虚灵之境。佛家所谓"真如"佛性与万物同存，一切物色都在无始无终中生灭，大概就是这样吧。

龚自珍则不然。他有名句曰："落红不是无情物，化作春泥更护花。"王维笔下的"无情物"，在他这里却渗透出暖和的深情厚意了。但他毕竟是心绪曲折的文人，有热时亦有冷时，有浓时亦有淡时。如他的《西郊落花歌》，竟也想到了西土佛国："又闻净土落花深四寸，冥目观赏尤神驰。"而在《减兰》词中，传出的则是别样情味："莫怪怜他，身世依然是落花！"

一九九一年八月一日

空间的选择

　　演出的空间，层出不穷。室内或露天，庙堂或舞厅，固定或临时，封闭或开放，各尽其用，各臻其妙。

　　还有，大剧场与小剧场。

　　如果你在小小的茶座击节听歌，那个小平台上的歌星与你如此相近，你为她每一处轻微的气声所感染，你为她收放有致的眉头所吸引。那种亲友昵谈般的亲切感轻轻地抚平了你劳累终日的焦躁。正当你半眯着眼睛尽情享受如梦的温馨时，她却无端地走下平台，连唱带笑地走向听众席，又有意无意地把手伸给他、伸给你，这令你很不自在，难免有片时的举止失措。

　　如果你是在体育场观看球赛，你与成千上万的球迷一起狂欢，你全身的血液为之沸腾。也许你会随着别人的欢呼声而尽兴地大喊大叫，别人不会因你的失态和沙哑的嗓音而奇怪。在一阵又一阵跃起的声浪中，你感到周身通泰，个人的一切烦忧顿时烟消云散。可惜你崇拜的球星离你太远，要不是后背印着显眼的号码，你分不清那些跑过来跑过去的竞争者究竟谁是谁。

　　你选择怎样的空间？茫远的？近迫的？也许，你在不同的时候，需要不同的空间。

　　许多年了，上海的新老剧人似乎都迷上了"小剧场"。一时间，剧坛话语中频频出现的是法国阿尔托的"残酷戏剧"、英国布鲁克的"实验戏剧"、波兰格洛道夫斯基的"质朴戏剧"，还有美国谢克纳的"环境戏剧"，等等。昔日的小小排练厅成了主要的演出场所。有时让观众都戴上猫头鹰的面具，体味"屋里的猫头鹰"的感觉；有时让观众坐在别人的屋宇下，近距离地窥视"留守女士"卧室中的情变。在豪华的商城曾划出一片临时剧场，上演了一个俄罗斯人的"护照"的故事。在上海戏剧学府装修一新的教学大楼中，也专门辟出一角空间，干脆名之曰"黑匣子"，引来中外演员在这方寸之地登台献艺。

　　如果你并不满意小小空间的压抑，则可设法引进外面的天地。日本新宿梁山泊剧团的帐篷戏剧《人鱼传说》极尽巧思。他们在戏剧开演时撤去天幕，把舞台背后的自然真景"借"到了舞台的画面中。昨天在东京，借来了上野公园不忍池的灯光水影；今天在上海，借来了华山路匆匆来往的车声人迹。这种以小见大的构思令观众惊叹。

　　但也有人始终在做着大剧场的梦，而且企望创造更大的"剧场"。当年沈阳话剧团曾在数万人的体育馆演出歌舞故事剧。最近上海剧人更是突发奇想，在开阔的外滩做广场式的全开放的演出。

　　空间的选择其实也是时势使然。

　　当电影电视的膨胀对舞台艺术形成某种灾难性的逼迫时，

戏剧家便着意寻找戏剧赖以生存的、有别于影视剧的最本质的特性。得出的结论是：舞台剧是一种人与人之间的"活的交流"，而影视剧则只是一种"影子艺术"。两者的差别有似于现炒食品与罐头食品的差别。影子艺术无法取代鲜活的、即时的、有临场感的剧场艺术，就如罐头无法取代现炒菜。观众购票总是挑选靠近舞台的前座，为的是看清楚鲜活的表演。在那些离舞台很远的后座上，只能看到演员动作的一个模糊的"影子"，观众不愿意在剧场中看这种"影子艺术"。

既然后座票不受欢迎，剧场何必那么大呢？于是一些剧人就追求小小的剧场。这就是近年来逐渐流行的"小剧场"戏剧。此风一盛，迷你型的"排演厅""黑匣子"就广受青睐。观众与演员的距离缩小了，视听之间的"活的交流"让戏剧艺术的生存状态得到了改善。

但是，人不仅生存在"物理空间"之中，同时还生存在"心理空间"之中。人与人之间有时远隔重洋，却感到如在身边，这叫作"海内存知己，天涯若比邻"；有时近在眼前，却仿佛远在天边，这叫作"咫尺天涯"，"隔花阴人远天涯近"。

所以"物理距离"不是戏剧效果的唯一决定因素。如果舞台所表现的事物与观众声气相通，感染力强，演员与观众之间的"心理距离"自然会缩小。剧场中还有许多先进的声光技术手段，可以让演员的形象和声音传递得很远很远。而且，我们不可忽视剧场中的另一种心理现象，这是一种"集体心理体验"。

这种如同宗教仪式般的心理体验，剧场越大，人越多，效果越强烈。在气势宏壮的人群中，观众获得了强有力的震撼和宽阔无限的心理满足。这在小剧场中是无法想象的。

演员选择了不同的空间，就会有不同的演出方法。在大剧场中，演员脸部表情的功能受到抑制，因此，演员必须强化言语的响度和外部形体动作的幅度。言语的延伸则为歌，动作的延伸则为舞。于是形成了融合诗歌舞的"总体性戏剧"。在小剧场中演出，则更凸显演员与观众之间直接的、细微的交流，此时的演员表演更接近自然，更重视内心的深沉体验及细致入微的表情。

我们创造不同的剧场空间，像是在温习一部戏剧的历史。特大剧场似乎是对古希腊、古罗马式演出的回忆。特小剧场则随时在变换样式，有时是三面式舞台，有时是中心式舞台，有时是伸出式舞台。这些样式使我们想起了日本歌舞伎的"花道"，想起了中国农村的庙会草台以及富贵人家的"红氍毹"。剧场空间的最新结构，有时正是对古代艺术中被遗弃已久的某些艺术精神的重新捡回。

你选择了不同的空间，你就会获得不同的感受。

一九九六年一月

这个人就是我

作家以文字回首平生，莫如法国卢梭晚年所作的《忏悔录》。《忏悔录》最感人之处，在于作者毫无掩饰地披露自己的灵魂。正如全书开卷所宣布的："我现在要做一项既无先例、将来也不会有人仿效的艰巨工作。我要把一个人的真实面目赤裸裸地揭露在世人面前。这个人就是我。"作者在这部长篇自传中大胆地将自己的隐私公之于众，这种惊世骇俗之举，曾使世人为之瞠目！

不过，敢于暴露自己的，似乎也并不始于卢梭。比如中国元代的戏剧家关汉卿就曾在一套散曲中公开写出自己在勾栏行院中的生活，而且他至死不悔："你便是落了我牙、歪了我嘴、瘸了我腿、折了我手，天赐与我这几般儿歹症候，尚兀自不肯休。则除是阎王亲自唤，神鬼自来勾，三魂归地府，七魄丧冥幽，天哪，那其间才不向烟花路儿上走！"（《南吕一枝花·不伏老》）世人所不齿的，他却不以为非，反以为是。这就是一个与"世道人心"相颠倒的关汉卿。当然不是在宣扬"烟花路儿"的什么好处，而是在表白与当时整个伦理世界的彻底决裂。

另有一名自号为丑斋的作家钟嗣成，则极力描写自己之"丑"："子（只）为外貌儿不中抬举，因此内才儿不得便宜。

半生未得文章力，空自胸藏锦绣，口唾珠玑。争奈灰容土貌、缺齿重颏，更兼着细眼单眉，人中短、髭髯稀稀。哪里取陈平般冠玉精神、何晏般风流面皮？哪里取潘安般俊俏容仪？自知，就里，清晨倦把青鸾对，恨杀爹娘不争气。有一日黄榜招收丑陋的，准拟夺魁。"（《南吕一枝花·自序丑斋》）。全套九支曲子八百余字，只围绕着一个"丑"字做文章，可谓字字含痛，字字含恨，又字字在冷嘲热讽。套曲不仅不讳言，反而津津乐道自己外貌的丑陋，其实是在描绘不媚世、不趋时、不向社会偏见低头的男子汉形象，标举一种不屈不挠、遗世独立的精神之美。

明代亦有不少"怪人"，常出骇世之语。如以叛逆精神闻名的李贽曾作《自赞》云："其性褊急，其色矜高，其词鄙俗，其心狂痴，其行率易，其交寡而面见亲热。其与人也，好求其过，而不悦其所长；其恶人也，既绝其人，又终身欲害其人……动与物迕，口与心违。其人如此，乡人皆恶之矣。"李贽于此所"赞"者何？恶也，而非善也。与其说是"自赞"，不如说是"自毁"。为权势者责骂一生并被迫害至死的作者，在这些自我诋毁声中，显而易见地表露出与世抗争的反叛心理。

晚明散文家张岱曾仿效徐渭而作《自为墓志铭》。此文写得更为洒脱不羁，不啻自嘲，直是自骂文字。且看他的夫子自道："蜀人张岱，陶庵其号也。少为纨绔子弟，极爱繁华，好精舍、好美婢、好娈童、好鲜衣、好美食、好骏马、好华灯、好烟火、好梨园、好鼓吹、好古董、好花鸟，兼以茶淫橘虐、书蠹诗魔，劳碌半生，皆成梦幻。年至五十，国破家亡，避迹山居，所存者，破床碎几，折鼎病琴，与残书数帙、缺砚一方而已。布衣蔬食，常至断炊。回首二十年前，真如隔世……故称之以富贵人可，称之以贫贱人亦可；称之以智慧人可，称之以愚蠢人亦可；称之以强项人可，称之以柔弱人亦可；称之以卞急人可，称之以懒散人亦可。学书不成，学剑不成，学节义不成，学文章不成，学仙学佛、学农学圃俱不成。任世人呼之为败子、为废物、为顽民、为钝秀才、为瞌睡汉、为死老魅也已矣！"作者的一生浮沉、家国之痛，全蕴含在诙谐嘲讽的文句之中。这一篇自祭文，对少年繁华之梦，带三分留恋意绪，亦带三分忏悔意味，而愤愤不平之意又宛宛然可触可摸。故而读来尤其令人泫然，令人感慨不已。

应该出于卢梭意料之外的是，在他的《忏悔录》之后，竟有许多人仿效他的做法，足见社会对这种现象已有了宽容的雅量。不过，当二十多岁的中国青年郭沫若也迫不及待般地自揭面目时，我们还是不免大为吃惊。在《三叶集》公开发表的书信中，郭沫若坦白地告诉初交的朋友，自己是如何如何地堕落、愧恼和颓废，又是如何如何地破坏了恋爱的神圣，并痛心地自称："我简直是个罪恶的精髓。"

作家在读者面前袒开了胸怀。我们并不会因此而投之以鄙夷的目光，不会的。恰恰相反，作家的真诚与坦率赢得了读者的怜爱。

　　这些自称其恶的作家，敢于以无法磨灭的白纸黑字暴露无遗地解剖自己，也许正是在表明他们对读者的信任，也是在表明他们当时的自信。因而，卢梭敢于面对上帝宣称：

　　　　万能的上帝啊！我的内心完全暴露出来了，和你亲自看到的完全一样，请你把那无数的众生叫到我跟前来！让他们听听我的忏悔，让他们为我的种种堕落而叹息，让他们为我的种种恶行而羞愧。然后，让他们每一个人在您的宝座面前，同样真诚地披露自己的心灵，看看有谁敢于对您说："我比这个人好！"

　　　　　　　　　　　　　　　　　　一九九〇年八月二十九日

学，然后知不足

二十世纪八十年代，正是我被称为"青年学者"的好时节。那时真是思想敏捷、精力旺盛，数年间闭门读书、笔耕，写出了几部著作，着重梳理了中国戏剧发展史及戏剧研究史，试图建立"中国戏剧学"这样一门新学科。一部规模比较大的著作，也就定名为《中国戏剧学史稿》，于一九八六年出版，颇受欢迎，也产生了一定的影响。这些研究成果受到了戏剧界及学术界的厚爱，在全国性的评奖活动中，多次获奖，我个人亦因此而被授予"国家级突出贡献中青年专家"荣誉称号。一阵热闹过去以后，我即开始冷静地省思，回首以往留下的足迹，以选择继续前行的途程。

我深知自己优点不多，如说有什么长处，大概在于能较清醒地了解自己的不足。人贵有自知之明，知道自己的弱点，知道自己的不足，大概也可算是一种聪明。人在无知状态时，容易自满自足自恋，当你知识渐多、能力渐强、境界渐高时，就会逐渐了解自己的优长与短缺两个方面。这就是学习、进取带给人的聪明。我比较注意自律，尚能经常检点自己的欠缺，尽可能弥补、改善自己的短处，以此使自己的才能有所提升。

如果说，我在八十年代曾以"读万卷书"自策的话，在九十年代，我则注意"行万里路"。我开始较多地参加全国各地的各种艺术活动与学术会议，也经常到境外、国外，在海峡彼岸及世界各地与海内外学人一起交流学问，共同研讨中华文化的历史命运。其中印象较深的，如在香港中文大学参与数月的"中西戏剧比较研究"，在台湾大学及"中央研究院"参与关汉卿、汤显祖的纪念研讨，在韩国参加"韩、中传统戏剧"研究，在日本参加小剧场戏剧节，在新加坡国际戏剧实践学院讲授"中国剧场"，在美国耶鲁大学作《明清戏剧与女性角色》的报告，等等。这种交流活动，使我开阔了眼界与胸襟，增强了弘扬中华优秀文化的信心。

同时，必须持续不断地提高个人的各方面素养。由于种种原因，我没有读大学的机会，因而对那些顺利地受过高等教育的幸运者真是十分羡慕。如果说未受过正规大学的专门训练也有什么好处的话，那就是平常的学习与思维没有受过大学专门化分科的约束。我读书的兴趣较广泛，"不分专业"，大略文史哲之类名著，都有兴趣研读。余闲兴趣亦广泛，涉及文学艺术的许多方面，其中诗词、音乐与书法更是从小爱好，至今不变。青少年时代，许多学习时间分散到诸多门类的知识、技能中去，细想起来，也有好处。戏剧是一门综合性艺术，也可以说是一种"交叉学科""边缘学科"。大抵绘画、音乐、舞蹈等专门技能十分优异的人是不大会去学戏剧的，但对这些专门艺术一窍不通的人，则是注定学不好戏剧的。戏剧是在这些门类艺术的"关系"中生发出来的，只有那些对多种艺术有感悟的人，才有可能具有戏剧的灵性。创作如此，研究亦是如此。我之所以后来选择中国戏剧作为主要的学习、研究的领域，并且有较好的成效，正与此有关。而且，我坚信，让实践家多一点理性的思考，让理论家多一点实践的观念，必有好处。所以，只要有机会，我总会满腔热情地、全神贯注地参与艺术创造实践，让个人的艺术感觉始终处于鲜活、生动的状态。

"教，然后知困。"我当教师数十年，最信服古人的这句话。我之成为教师，并不是"好为人师"，而只是躬行社会交给我的一份"差事"。我觉得当好这个差很不容易，但有一好处，就是迫使你不停顿地学习。你若不充实自己，你将落在学生之后；你若两年间对自己的"知识结构"没有调整优化，你将无法走上讲台。这就是"教学相长"。当教师的难处在此，其好处亦在此。我经常与我们的博士生、硕士生一起探讨切磋，我希望他们每天都有新长进，我自己亦可以从他们的进步中得到启益。我也总是坚持为本科生上课，这是一种更大的考验，促使我坚持不断地将课程知识做系统性的充实更新。我喜欢我的学生来自五湖四海，来自各种专业。这样的学生，思维较灵动，容易有创造性的思考。但这是对学生的挑战，更是对自己的挑战。因为你总是面对着新的目光、新的期盼、新的课题。旧药方已无效用，必须拿出新方案。这促使人勤于学习、思考，新的学术成果常常在解答新课题时产生。

古人云："世事洞明皆学问，人情练达即文章。"而我却总是世事未洞明，人情未练达，五十而未知天命，六十而耳未顺。我总觉得，前路漫漫，而脚下的行程则刚刚开始。

二〇〇五年五月三十日

流行的与古典的

据《乐记》载，战国初魏文侯曾对孔子学生子夏说："吾端冕而听古乐则唯恐卧，听郑卫之音则不知倦。"这里的"古乐"指的是上古的《韶》《武》等雅乐；"郑卫之音"是指当时流行的民间"新乐"，大概与桑间濮上男女幽会求爱的歌乐相类。这位魏文侯也还老实得可爱，在雅士面前，并不隐瞒自己爱听"流行的"而不爱听"古典的"俗趣。

孔子则特别钟爱古乐，他欣赏"尽善尽美"的《韶》乐后，竟"三月不知肉味"。对于郑卫之音他很厌恶，所谓"恶郑声之乱雅乐也"。而后荀子和《乐记》也把郑卫之音贬为"使人心淫"的"乱世之音"。古时没有录音技术，这种"乱世之音"的音响效果究竟如何，不得而知。但郑卫之音的歌词文字却流传不少。相传经孔子删订过的诗三百篇中，《郑》风《卫》风共计六十篇，约占全书五分之一。按照朱熹所统计，其中"淫奔"之诗还有二三十篇。足见孔夫子对郑卫之音也还相当宽容，并不完全以个人好恶而定取舍。

人心之"喜新厌旧"，引起艺术无休止的变化。考之于戏剧史，就足以为证。戏曲声腔于元代重北曲，明代中期则已盛行南曲系统的海盐腔，北曲渐趋式微。至嘉靖年间，民间又渐渐以昆山腔取代了海盐腔。昆山腔方兴之时，也只流播于民间歌儿之口，并未登富贵之家的大雅之堂，但到了清代乾隆年间就完全成为古奥的"雅部"，听者"无不茫然不知所谓"（焦循语）。而逐渐兴起于民间的"花部"诸地方声腔剧种，"虽妇孺亦能解"，深受百姓欢迎。明代戏曲理论家王骥德曾称："世之腔调，每三十年一变。"当非虚妄之论。

　　这一切说怪不怪。凡流行艺术，总是社会心理刺激的结果，在特定的时间里，显得通俗易懂，与世情相合，自然易于为众多时人所接受和喜爱。古典艺术则是过去某个时代的产物，在它兴盛时的那种群众心理原状已不复存在，加以时间的距离，这些艺术愈来愈显得典雅甚或艰深。这种距离感常使未受过专门训练的一般人感到不亲切不解渴。清初的李笠翁就已点明："演古戏如唱清曲，只可悦知音数人之耳，不能娱满座宾朋之目。"故而，凡是流行的，总是多数人的；凡是古典的，总是少数人的。像戏剧这样的群体性艺术，需要许多人的合作，自然容易倾向通俗化、流行化。

　　但是，由于变化的社会心理又总是迅速地推出新的流行艺术以取代旧的流行艺术，于是"流行性"也就不可避免地兼有"短暂性"。古典艺术则不然，它曾经历过"时代的"和"历史的"两种选择，因而也就成为一种可以长期保留的艺术。如果"流行的"某种艺术品在经过十年、百年甚至更长的时间遴选后依然流行于世，那么这少量传世之作就已变成"古典的"了。就如当年流行于桑间濮上的俗唱，流传于今都已成了代表一个时代的深奥的"古典"。从这个角度看，凡是流行的，总是短暂的；凡是古典的，总是长存的。唯其如此，也就有不少戏剧家喜欢不遗余力地对古典戏剧进行再创造，使之不断地以新面貌出现于各个时代的观众之前。

"流行的"刺激了艺术的创新，"古典的"肯定了艺术的传承。前者促使艺术类型形态的裂变、重组与更新，后者则维护了整个艺术世界的"生态平衡"，让历史的艺术精华代代相传，为后人保留了许多选择的机会。

更有许多交叉的现象。如：在追求时尚时却复活了古典，在弘扬传统时却启发了创新，古典的借新潮得以广为传播，流行的借传统反而行之弥远，等等。且以四百年前莎士比亚戏剧的重演为例，在今天的世界上，有说古代英语的莎士比亚，也有说现代汉语的莎士比亚；有追寻当年环球剧场样态的复旧式的莎士比亚，也有爵士乐伴唱的先锋派的莎士比亚；有穿着日本和服的莎士比亚，也有穿着中国戏装的莎士比亚……

一九八九年二月九日

独重悲剧的文化人

　　首先把西方悲剧理论引进中国文艺学的，是近代的杰出学者王国维。他在《红楼梦评论》《宋元戏曲史》等著名论著中，都有对悲剧美的论述。王国维认为，所有的文艺作品中，最有价值的是悲剧。他为元杂剧中有《窦娥冤》《赵氏孤儿》这样的大悲剧而感到惊喜，又为明传奇几无悲剧而感到惋惜。他又认为悲剧形式可以有几种，而特别值得推崇的是"厌世解脱"的悲剧，认为我国古代具有这种精神的悲剧，只有《桃花扇》与《红楼梦》，而尤以《红楼梦》为最。

　　王国维悲剧文艺观的思想根源在于他的悲剧人生观。他认为人生如钟表之摆，往复于苦痛与倦厌之间，而倦厌也是一种痛苦；纵使要努力争取快乐，这"努力"又是一种痛苦，而且快乐过后，痛苦反而加深。总而言之，在他看来，生活本身就是无穷的痛苦。于是他得出这样的结论："人生之命运，固无异于悲剧。"

　　其实，王国维的这种悲剧观点并不是他的发明，而是从德国哲学家叔本华那里搬来的。对此，王国维并不讳言。他曾多次撰文介绍叔本华的哲学思想，并声明自己的文艺观正是对叔本华等人的继承。

叔本华是十九世纪德国唯意志主义的代表人物。他认为"意志"是宇宙的核心和人的本质，由于意志永远无法得到满足，因此世界和人生就永远是痛苦的，要想摆脱这种痛苦，就只有退让直至放弃意志、放弃生命。他说："世界和人生不可能给我们真正的快乐，因而也就不值得我们留恋。悲剧的实质就在这里：它最后引导到退让。"从这样的人生哲学出发，叔本华就认为只有悲剧才是艺术的顶峰，因为"难以言说的痛苦、人类的不幸、罪恶的胜利、机运的恶作剧，以及正直无辜者不可挽救的失败，都在这里展示给我们"（《世界之为意志与表象》）。

但是，王国维的悲剧观也并非纯属舶来品。他本人就曾把老子的"人之大患，在我有身"及庄子的"大块载我以形，劳我以生"等观点认作自己人生观的渊源。而且，在王国维之前，明朝末年就曾有人发表过相似的悲剧观点。这个人就是颇有名气的文学家卓人月。

卓人月系浙江仁和（今杭州）人，说起来还是王国维的大同乡。卓人月曾写过一个《新西厢》的剧本，一反王实甫《西厢记》的处理方法，把莺莺与张生的故事写成一个悲剧。可惜这个剧本并未留传于世。但他写了一篇很有特色的《新西厢序》。这篇自序的全文收在明崇祯间刻本《古文小品冰雪携》中，清中期焦循作《剧说》时也曾予以节录。

在《新西厢序》中，卓人月批评了王实甫《西厢记》、汤显祖《紫钗记》把原来的悲剧故事改为喜剧结局的做法。为此，他十分明确地表明了自己的悲剧观点："夫剧以风世,风莫大乎使人超然于悲欢而泊然于生死。生与欢,天之所以鸩人也;悲与死,天之所以玉人也。第如世之所演,当悲而犹不忘欢,处死而犹不忘生,是悲与死亦不足以玉人矣,又何风焉? 又何风焉?"在卓人月看来,"生与欢"只是"天之所以鸩人",而"悲与死"才是"天之所以玉人",因而他主张悲剧的意义高于喜剧。他还曾说过:"文章不令人愁,不令人恨,不令人死,非文也。"(杂剧《春波影》眉批)这也是在提出这样的要求:戏剧创作要真正反映人生的悲剧。卓人月主张戏剧要帮助人们"超然于悲欢而泊然于生死",这与后来叔本华主张的"退让"、王国维主张的"解脱"如出一辙。从这样的悲剧观点出发,卓人月对当时那些"当悲而犹不忘欢,处死而犹不忘生"的平庸喜剧表示不满。他在此序中还直接斥责当时流行的这种戏剧:"今演剧者,必始于穷愁泣别,而终于团圆宴笑,似乎悲极得欢,而欢后更无悲也;死中得生,而生后更无死也。岂不大谬耶!"二三百年以后王国维也撰文批评中国戏曲中"始于悲者终于欢,始于离者终于合,始于困者终于亨"的团圆俗套。这种意见与卓人月的观点何其相似乃尔。

卓人月的悲剧观也有其人生观的根据。他在《新西厢序》中无限感慨地写道:"天下欢之日短而悲之日长,生之日短而死之日长,此定局也。且也欢必居悲前,死必在生后。"这种对世界的悲观主义认识与叔本华、王国维的思想也有相通之处。叔本华曾说:"如果我们对人生做整体的考察,如果我们只强调它最基本的方面，那它实际上总是一场悲剧，只有细节上才有喜剧的意味。"王国维也认为人生的痛苦是绝对的，而快乐只是暂时的，"苦痛而无回复之快乐者有之矣，未有快乐而不先之或继之以苦痛者也"。

对世界的悲观主义认识必然导致对生活的虚无主义的否定心理。叔本华认为，人生就是一场漫长的痛苦的噩梦，只有终止生活、结束生命，才能结束这个噩梦，只有杜绝生命之源，才能永远摆脱痛苦。王国维在自己学术鼎盛的五十壮年之时，用结束生命的方式摆脱了生活中不可解脱的矛盾。卓人月则在而立之年就悄然离开了人间。叔本华虽然没有用断然的办法结束自己的有生之梦，但他却也闭门谢客，长期过着与世隔绝的生活。

他们的最后归宿之所以有所不同，这与他们的不同境遇有关。叔本华出身于银行家的家庭，有可能靠父亲的遗产长期蛰居于宁静的莱茵河畔的旅舍之中。王国维于中年之后，把生命依托于爱新觉罗小朝廷，一旦清廷沦丧，他的精神寄托也就动摇了。他在遗书中所称"五十之年，只欠一死，经此世变，义无再辱"，正反映了他陷于绝望的心境。卓人月一生极不得志，至三十岁才博得一个可怜的贡生资格，而于次年，生命就夭折了。他究竟为何而早逝，这确实是一个谜。也许他是带着愁、带着恨，像王国维那样自绝于世？或者竟如叔本华那样带着对世间的仇视，飘然而去，不知所之？

如果仔细分析他们的生活经历及所遗的著作，还可以发现，这三位悲观主义者的主观意识也是有一定的距离的。卓人月固然命运多舛，但这位晚明的青年作家，与当时的许多风流才子一样依然有过游乐于世的生活，但由于社会现实太令人失望，而终于对人世间产生了愤恨，因而他是个曾经有爱又有恨的作家。叔本华则是一贯傲慢、孤独，用仇视的眼光看待整个人类。王国维早岁曾有过涉世之心，但逐渐埋头于书斋古物之间，终而成了怀旧遁世的落伍者。由此可见，同样是对人世的否定，卓人月表现为愤世，王国维主要是厌世，叔本华则是无端的仇世。如果说愤世仍不失为一种抗争的表示，厌世则显然是消极的逃遁，而仇世就是一种更为极端的虚无主义态度了。

但是这三位悲观主义者所处的社会背景却很有相同之处。卓人月生活在明王朝即将为席卷全国的农民起义军掀翻的时候，叔本华生活在 1848 年欧洲资产阶级革命的前后，王国维则经历了清王朝被彻底埋葬的岁月。他们都生活于一个旧时代的末世。由于他们特定的身份与境遇，由于他们长期形成的世界观，故而他们不可能看到蓬勃兴起的新生力量的胜利，不可能看到社会的发展前途，只能因一种旧秩序的迅速崩溃而产生"世界末日"的幻觉，只能留下无可奈何的悲鸣。他们虽然都曾是颇有成就的人：哲学家、学者、文学家，但由于以悲观主义的眼睛观察世界，结果都只能走到远离人世的境地。

当然还必须指出，在黑暗社会中的悲观主义者，有时在客观上还是能起一点对社会现实的否定和批判作用。而且由于这三位悲观主义者主观意识上的差距，因而他们的客观影响也还是不同的。特别表现在文艺观上，卓人月、王国维的悲剧观点在当时都是十分难得的见解，都是对泛滥于世的"大团圆"式的虚假文艺的否定，而那种"一切圆满""乐天"的文艺，也就是鲁迅所深恶痛绝的"瞒和骗的文艺"。王国维在具体分析悲剧作品时，还积极肯定了中国古典戏曲的世界地位，如说《窦娥冤》等杂剧"即列之于世界大悲剧中，亦无愧色"。这种认识对于当时的某些民族虚无主义观点无疑是有力的一击。但是，悲观主义者对行将就木的旧时代的否定是不自觉的、无力的，而他们对旧时代的哀恋却是根深蒂固的。由于旧世界的寿终正寝是不可逆转的，因而，这些颇具天才的人物也只能成为一个灭亡的社会的哀歌者。这正是悲观主义者的悲剧。

一九八五年三月

一个"锺"字奈尔何

近日，街市上的报刊在争先恐后推介或摘登杨绛先生的新著《我们仨》。于是，"钱锺书"的名字频频相见。我注意到，由于三联出版社的此书中将"锺"字印作"锺"字，许多报纸亦依样画葫芦而使"锺"字又盛行于世。

其实，以前人民文学出版社出《围城》，封面上即赫然印着"钱锺书"。该书影响之大自不待言，致使后来的不少"钱学"著作亦喜用"锺"字。也许《我们仨》的出版社也正是步其后尘，而将杨绛笔下充满深情的"锺"字统统改作来路不明的"锺"字。

但权威的《简化字总表》规定，"锺"字当简化为"钟"，与"锺"字同。北京大学出版社近年出版之《简化字、繁体字、异体字辨析手册》（胡双宝编），于"锺"字下特做说明："'钟'的繁体。'锺'的异体。按，'锺'为误类推简化之字，不合规范。'锺'不简作'锺'。"孰料"锺"字如今又横行无阻，怎么办？有关专家应出来说句话。否则天下又多出了一个字，叫人烦心。假如人家子弟参加中考、高考而写出了"锺爱""锺情"之类，判卷先生会不会做错字处理而罚扣分数？

如今以简化字写论文，遇到古人名（包括近人名如钱锺书者），有的字必须得保留繁体，以免有误。对此，有时好办，有时不大好办。如清代传奇名著《长生殿》的作者"洪昇"，由于"昇"已简作"升"，故有人经常写作"洪升"。但地道的做法还是以保留"昇"字不变为善。因为"升"字还有一个繁体"陞"字，保留"昇"，即是排除"陞"的意思。这是属于好办。

若是遭遇"錘"字之类就不大好办了。记得我当年写作学位论文而遇到了一个明代人的名字"孙鑛"，这就颇费周折。"鑛"字今已简作"矿"，故我的文章发表时就被印成了"孙矿"。后来该文在台湾出繁体字版，由电脑作业"简体改繁体"而成了"孙礦"。我只好不胜其烦地将"矿"与"礦"复改为"鑛"。但有的书上将此字化成"镛"，即左边简化右边不简化，其法与"錘"字相同。我于此则听之任之了。我想，如果以后规定，边旁可以简化，那么"錘"字，岂不就合"规范"了。

但还是有问题的。如"鐘錶"为什么不简作"鐘錶"，而要简作"钟表"呢？再说那个"鑛"字，左边简化了，右边如何处置？是不是也可简作"钔"呢？

为什么可？为什么不可？语言文学工作者有责任及时回答这些问题。

二〇一三年二月

也说"美人"

《文学报》摘录了一位名家大作《喜欢美女》一节，共三段。其写"美女作家"，文笔恣肆，很好玩，值得一阅。

该文引龚自珍的一句"豪言"，更值得推敲。龚氏云："愿得黄金三百万，交尽美人名士，更结尽燕邯侠子！"作者解释云："也就是说，一有了足够的钱，最先做的一件事，就是结交美人，其次才是名士，再其次才是燕邯一带的二杆子。这也是龚先生做人最真诚的地方。如果他把这个顺序颠倒过来，怕就是个伪君子或是性无能者。"作者还特意下一断语："喜欢美女，实在是旧文人必备的毛病。"

愚钝如我，对此总觉得难以理解。龚自珍随性的一句文学语言，怎的就有了"最先""其次""再其次"的逻辑"顺序"？"美人名士"四字连写，若真有"顺序"，也不过是"并列第一"。而后说"更结尽"未必就是"再其次"，也许是"更重要""更为难得"的事。

即使是真如该作者说的有"顺序"，为什么"这个顺序颠倒过来"，就是个"伪君子"呢？如果有先"侠子""名士"，而后"美人"的人，为什么就不可能是"真君子"呢？

至于说其顺序一颠倒，可能就是"性无能者"，更令人百思不得其解。按这位名家的意思，像他那样最先"喜欢美女"的，就是性有能者，另有人若次喜欢美女而先喜欢名士、侠子，就可能是性无能者，这说得通吗？若又有人首先喜欢"才女""淑女"而再其次才喜欢"美女"，难道也可能是性无能吗？

还有，"更"为重要的，千万不要一看到"美人"就联想到"美女"。龚自珍笔下的"美人"，也许未必就是指"美女"，更有可能的是指如屈原歌唱的"香草美人"的那种"美人"，其性别本来就不一定是女性，多半是"美男"（好男人）而不是"美女"。这同"性无能"更挨不上边，除非你说的是"同性恋"。

当然，对于《喜欢美女》这样的娱乐性笔墨，能令读者开心就好，原不必字字较真，笔者在此凑一热闹，亦只是"幽他一默"而已。

二〇一三年三月三日

感 怀

论剧毋忘宋春舫

　　一九一六年，当现代话剧的前驱田汉、洪深正在赴日赴美留学的途程上，宋春舫却已离开欧洲回国倡导现代戏剧了。后来的剧论家如李健吾、赵景深、顾仲彝等，都说曾把《宋春舫论剧》作为自己学习戏剧的教科书。可惜宋春舫于二十世纪三十年代末英年早逝。李健吾著文纪念说："他原来应当是最受众望的剧坛领袖，不幸命运有所偏嫉，掩去他应该发出的万道明光，让一群后生小子留在红尘摸索。"

　　宋春舫，一八九二年生，浙江吴兴人，于上海圣约翰大学毕业后旋即游学瑞士、法国，归国后历任圣约翰、清华、北大教授。他于戏剧情有独钟、学有专攻。曾自命室名曰"褐木庐"（Cormora），系取法国三大戏剧家高乃依（Corneille）、莫里哀（Moliere）、拉辛（Racine）的名字首位音节组成。尤喜收藏世界各国各种版本的戏剧书籍，时人曾称他的戏剧藏书为亚洲第一。著有《宋春舫论剧》一、二两集及《宋春舫戏曲集》等。在北京大学任教时，他曾是《新青年》的编辑，因常持独立学术观点，而与陈独秀、钱玄同、胡适等人意见相左。陈独秀等人则以派别之见攻击宋春舫，或报刊发文，或私下通信，"丑诋宋君"。

其实，当时的宋春舫，可以说是十分难得的有专业水平而又较为公允正确的戏剧理论家。一般学人只局限于案头本子谈戏，宋氏则率先把戏剧作为一种独立的综合性艺术门类来赏析。他从艺术实践的视角介绍剧场知识和舞台技术，介绍欧洲小剧场运动，让中国戏剧界从此开始认识巴黎"自由戏院"、莫斯科"艺术戏院"、伦敦"独立戏院"等。当那些论家正在大言不惭地兜售他们对于西方戏剧的一知半解时，宋氏则发表一系列文章全面评介西方各种现代戏剧流派，试图让国人开阔眼界，不为此类学界闻人的欺世之谈所拘。特别值得一提的是，由于宋春舫对西方各派戏剧比较精通，对于中国传统戏剧也比较了解，因而他于其时所发表的有关中国民族戏剧的评论，远远超越了时尚之见。

那些"激烈派"人士把西方"白话剧"即近代写实派戏剧样式看成是唯一先进的戏剧，而对中国传统戏曲的艺术个性和艺术精神则一无所知。胡适把戏曲的唱功、武打之类艺技贬为戏剧进化史上的"遗形物"，认为只有把这些遗形物淘汰干净，才有可能出现纯粹戏剧。傅斯年把戏曲称作"百衲体"，认为这不是真正的戏剧。钱玄同则把戏曲重唱工、画脸谱、少布景的特色视为幼稚野蛮物。此等人言辞声口如出一腔，其鄙夷之语，有时几近乎骂街俗调。

　　宋春舫并没有凑胡适等人的热闹。他从戏剧分类和中西比较的角度来认识中国传统戏剧。他认为欧洲戏剧实际上有两大类：歌剧（Opera）和非歌剧（Drama）。歌剧又可分为两种：一曰纯粹歌剧（Opera），纯用歌曲不用说白；二曰滑稽歌剧（Operette），有说白而兼小曲，且有滑稽性质。非歌剧亦可分为两种：一曰诗剧（Poetic Drama），二曰白话剧（Prose Drama）。对比中国戏曲，他认为京剧如《李陵碑》《空城计》《二进宫》等，可名之为纯粹歌剧；如《小上坟》《小放牛》等，颇类乎滑稽歌剧；而如《黑风帕》《梅龙镇》等，则属于纯粹歌剧而兼具滑稽性质者（Comic Opera）。在戏剧分类与比较分析的基础上，宋春舫对胡适等人的偏见做出批驳：

　　　　（激烈派）大抵对于吾国戏剧，毫无门径，又受欧美物质文明之感触，遂致因噎废食，创言破坏。不知白话剧不能独立，必恃歌剧以为后盾。世界各国皆然，吾国宁能免乎？（《戏剧改良平议》）

　　作为戏剧专家，他从世界戏剧的广阔视野来阐发中国戏剧特色，自然比激烈派的偏宕之论高明。同时，正因为他具有世界的眼光，故而他对"旧剧保守派"只知保守不图改进的固执之见亦不苟同。他宣称："此种囿于成见之说，对于世界戏剧之沿革、之进化、之效果，均属茫然，亦为有识者所不取也。"

　　那么，究竟如何改进中国戏剧呢？宋春舫作专文《改良中国戏剧》予以回答。他从剧本问题、男女合演问题、艺人的组织问题及戏园的建筑问题诸方面，提出一些创性设想。这些设想，在今天看来极为普通，而且大部分早已实现。但在当年一片饰辞矫说"创言破坏"的喧嚣声势中，他不为所动，独持一家之见，足见斯人之不同凡响处。

激烈派多为社会鼓动家，理性思索者则为专门理论家。在对戏曲这一具体问题的认识上，专门家的意见较为客观平稳；鼓动家的认识则极显主观片面，但由于其鲜明的社会功利立场，因而张扬于世轰动于时。又因为他们的着眼处在改造社会而不在创造戏剧，故而其理论在攻击旧社会旧文化的舆论宣传中颇具效应，而于戏剧界本身却影响甚微。诚如宋春舫所言："吾们要晓得歌剧与白话剧是平行不悖的……现在提倡白话剧的人，不明白这个道理，极端主张废弃歌剧，这就是他们的主张不能受社会容纳的大原因。"

宋春舫的戏剧观念在二十世纪二十年代的"国剧运动"中得到响应。"国剧运动"主将余上沅也以中西比较的研究方法，着意宣扬"写意派"的中国传统戏曲的艺术生命力。但余上沅的主张在世事动荡中也很快声消影散，更何论其前辈宋春舫。而今，当我们在清和的环境中重温"五四"的精神遗产时，却要特别注意那些被无端掩翳的卓尔特立之声。

一九九六年十月二十九日

他在遥天之上

　　海上学人，凡研究中国俗文学的，几乎都拜赵景深先生为师。他们常常要到四明里的那个弄堂，登门求教、求助，寻找自己所需的图书资料。那些"俗书"，公共图书馆收不全，也许是不愿收，只有在赵府的书库里，应有尽有。赵老本人，则是一部活字典，有问必答，乐于助人。他的作用无人可以替代。

　　我曾远远地看着他，但未敢占用他的时间而与他叙谈。

　　那一次是在赵府。我早就知道，复旦大学的赵门子弟，每至周末，都有一次聚会，地点就在赵府。那个时间，真是雷打不动，从大弟子李平先生，到刚刚入学的研究生，都会如期而至，一层层，围坐在那张写字台的周边。他们有时在虔心地听取赵老的讲论，有时则轻声细语地互相交谈。我的印象，赵老不善辞令。可能是由于年迈气弱，他的话音细小，缺少节奏表情，像是漫不经心的自语，可这平淡无奇的话语，却磁铁般地吸引着众人侧耳倾听。他当然不知道，那一次的听众中有我，一个上海戏剧学院的研究生。我是因为正在作硕士论文，想来请教赵老及诸位师长的。只是在那种场合，不容我插语，我亦不愿搅扰那静和的氛围。但渐渐地，我忽有所悟，如饮甘露，何必多语，一切尽在不言中。带着一种满足感，我随人群悄悄地告别。

又一次是在文艺出版社的会议室。不知有何缘由，出版社要从"悲剧""喜剧"的角度选编中国古代戏曲，于是，数次召来上海戏曲研究界的专家探讨问题，拟定选目。赵老说话不多，但自然是这种会议的核心人物。他常常有独特的见解。记得他曾特别提到一部被忽视的明代戏曲《歌代啸》，这可能是奇才徐文长的作品，是一部与众不同的喜剧。虽然这部戏最终未被入选，我却因此而细读了几遍。我觉得这的确是一部非常独特的"另类"戏剧，其样式在古代戏曲中绝无仅有，而有点像现代西方的"荒诞戏剧"。在以后的写作中，我就多次以较多的笔墨推举它，真想把这部戏推上舞台。

其实，我很早就读过赵老的文章，特别是那些短小的学术文章，读起来别有趣味。赵老与俞振飞先生合著的《昆剧曲调》曾引领我踏进古老戏曲的高雅殿堂。我是拿着这本小册子，学唱"袅晴丝吹来闲庭院""大江东去浪千叠"的。

后来读到许多赵老写的"序言"。由于赵老桃李满天下，一辈辈的弟子出版著作，总是要请他作序。前辈学人如蒋星煜、徐扶明、陆萼庭诸先生，其最重要的戏曲专著，都有赵老的序言赫然在目。这些学者如今都已誉满海内外，"为人作序"也已成了他们的日常功课。

读赵老的序，即可知其为人。他总是细读原著，非常认真诚恳地说出自己的想法。有的序文告诉我们，这些作者在写作过程中，早已与赵老有密切联系，其所得教益，可以想见。当时我曾想，以后要是写出学术专著，也应该请赵老写序指正。不过这也只是想想而已，自己能不能写出书都还不得而知呢。

谁知真有那么一天，而且来得那么快。

我比较早地完成了学位论文《王骥德曲律研究》的写作。学院要为我组织答辩，由于这是学院有史以来第一次，故特别仔细认真。答辩委员会由七人组成，自然要请赵老任主任委员，赵老欣然应允。后来我才知道，当时赵老健康状况很不好，却坚持逐字逐句地看完了我的这篇十二万字的论文。至今细想，我总有一种歉疚感。一位年高八旬的老人，以残年衰体，坚持读完末学的一篇习作，这是一种怎样的精神？他的这种师德，已为我树立了永久的楷模。

赵老终因健康问题，未能亲临指导。于是他特别委托李平教授来我院代他行使职权，宣读他对论文的评价。据说在答辩委员的讨论会上，李老师还代表赵老说出了一个愿望：如果上戏放人，欢迎我到复旦大学任教。当然我们的学院是不会把自己培养的第一个硕士放行他方的。由于此一段因缘，我与复旦大学始终有一脉精神相通，后来曾数次到复旦兼课，而复旦中文系的高才生亦有来我处攻读研究生的。

一九八二年，陈恭敏先生主持我院的出版工作。他筹划将我院首批五篇学位论文全部出版面世，并请论文答辩委员会主任分别为每本书作序。年底，陈先生告知：赵老已授意李平教授执笔完成了序文，文章最长，共七千余字！我顿时惊呆了：

这要耗费赵老的多少生命力量啊！像他这样的名儒硕学，每一分精力与时间都是十分珍贵的，都是国家学术事业的宝贵财富，而区区一篇硕士论文是微不足道的，不足以惊动他的大笔，更遑论让他如此慷慨地付出心血。在这篇序言中，他非常细致地评析了论文的主要内容，提醒读者注意论文中的一些新见。对于他的过奖，我自然愧不敢当；但他对后学提携鼓励的深意，我能够悟解，并深深地铭记于心。

对于老前辈的股切期望，我将何以为报呢？一九八四年，我的硕士论文得到学界的错爱，忝居"首届全国戏剧理论著作奖"之列。这也可算是对赵老的告慰吧。但这是不够的，应当献出更好的成果。于是，我开始设计一项较大的学术工程，艰难的耕耘也就从此开始了。

在往后的日子里，我始终不敢懈怠。我时时觉得，赵老正在遥天之上，远远地看着我。

二○○一年九月十日

往事：董每戡先生的来稿

二十世纪八十年代，我在《戏剧艺术》编辑部任职。当时的来稿中，有一些非常特殊的现象。董每戡先生的论文就是这样。在我的记忆中，编辑部至少收到过董先生的三篇论文：《说形似神似》《"滑稽戏"漫谈》和《论隋唐间两歌舞剧》。文稿都是由其家属从湖南长沙寄来的。第一篇发表在一九八〇年第一期，董先生还健在。第二篇发表在一九八一年第二期，董先生已逝世，所以在那一期刊物目录中特意注明"董每戡遗作"。这两篇稿子都是由老编辑编发的。

《论隋唐间两歌舞剧》则是由我编发的。这是一篇很长的论文，有两万多字。文章写在发黄的纸上。这种纸在今天可以称为"废纸"。字写得很小很小，密密麻麻。我想这样写稿是很吃力的事。我在读稿时都觉得眼睛不舒服。按编辑部惯例，来稿要先请有关专家审读，给予学术鉴定。我把稿子交给陈多老师。陈老师当即对我说，董每戡先生早年曾来上海剧专上过课，他是陈老师最崇敬的师长。陈老师非常佩服董先生的研究路子，即把"戏剧研究"放在"演出艺术"的平台上进行，超越一般学者只把戏曲看成文学的单一视角。另外，在人品上，董先生的正直刚强尤其令陈老师深为敬佩。由于品性所致，董、陈两先生都曾被戴上右派的帽子，受了二十多年的苦。陈老师很快就读完了这篇文章，写出了热情洋溢的推荐意见。于是，编辑部决定尽快刊出。在欲刊用的稿子集拢编目时，我发现董先生的稿子被剪掉了一大块。一问，有人认为文章太长，发表一万多字够了。我赶紧与陈多老师商议，我们都认为把董先生的文章剪掉不合适。好在我从废稿堆中找到了被丢的那块纸，重新贴回到原来的地方，使之重新成为"完璧"。考虑到那一期刊物字数已超出许多，所以研究决定，把董先生的文章分为两期刊出。董先生的文章是论两个歌舞剧的，因此很容易分开。于是在一九八三年第二期上发表的副标题为《之一:〈文康乐〉》；第三期上续载的副标题为《之二:〈踏谣娘〉》。这样，三篇文章事实上分成了四篇。这四篇文章后来都收进了董先生的名著《说剧》之中。

这四篇文章我都读过好多遍，受到很多教益。当时我正在撰写《中国戏剧学史稿》，在写到《踏谣娘》时，主要就是引用了王国维先生的观点和董每戡先生的观点。我在书中指出，王国维在《宋元戏曲史》中把《大面》和《踏谣娘》看作是"后世戏剧之源"，而"有些戏剧史家已把《踏谣娘》看作是较成熟的戏剧"。这里所说的"有些戏剧家"，首先就是董每戡先生。所以我在书中用较多的文字复述了董先生的认识:

> 董每戡《说"踏谣娘"——"谈容娘"》一文根据《教坊记》及有关资料，指出《踏谣娘》已具备了戏剧的一切要素。（一）有人物——苏中郎和踏谣娘，即所谓"二小戏"（小生和小旦）。（二）有故事——夫

妻吵架，尤其这种矛盾冲突，正是完整戏剧故事之有别于其他故事的重要点。（三）有歌，不仅此，还有帮腔——"歌要齐声和"。（四）有白——"情将细语传"。（五）有舞——甚至不是个人单纯表情意的舞，而是最富戏剧性的动作——殴斗。（六）有化装——面正赤，皵鼻。（七）有服装——着绯袍，戴席帽。若以男角演妻则穿妇人衣。董氏并以坚定的口吻说："我们只能说唐代已有的那些东西，在内容的复杂程度上和形式的完整程度上还不够高，比起后出现而为戏剧之祖宗的宋代戏文来，还有一定程度的距离；但不能抹杀唐代的劳动人民已为我们完成了具备戏剧艺术所需的各种要素的歌舞剧，我们该敬佩先辈们的智慧和才能，肯定先辈们艺术创造的劳绩。"

我个人非常赞赏董先生对《踏谣娘》的分析。如果没有舞台艺术创造的实践经验，是很难从古代文献的简略文字中看出如此生动的演出景象的。这种论述，只能出之于董先生这样的艺术家型的学者的笔下。我在以后的教学过程中，凡讲到《踏谣娘》，总是要介绍董先生的这种独创性的见解。

二十世纪末，我们在编《中国曲学大辞典》时，董先生的《说剧》是一部重要的参考书。董先生论《文康乐》的见解正是我们特别加以关注的内容之一。陈多老师在撰写"文康乐"的释文时这样写道：

文康乐：晋乐舞名。始见于《隋书·音乐志下》："'礼毕'者，本出自晋太尉庾亮家。亮卒，其伎追思亮，因假为其面，执翳以舞，象其容，取其谥以号之，谓之'文康乐'。每奏九部乐终，则陈之，故以'礼毕'为名。其行曲有'单交路'，舞曲有'散花'，乐器有笛、笙、箫、篪、铃槃、鞞、腰鼓等七种。三悬为一部，工二十二人。"董每戡以《晋书·乐志》《乐府诗集》中均无《文康乐》之记载，且"悲哀悼念的歌舞内容，不大够格作为结束礼仪的节目"，怀疑《隋书》所说其内容本出于悼念庾亮而作或为"未加深究而说出来的设想之辞"，其实即为《上云乐》或《老胡文康》（参见各该条），说详董每戡《说剧：说"礼毕"——"文康乐"》。

今天，当我们聚会纪念董每戡先生时，我回忆这一段往事，表示我对这位成就卓著的故乡前辈学者的深切缅怀。

二〇〇六年三月二十一日

三大体系说与两种戏剧观

　　对梅兰芳、斯坦尼斯拉夫斯基、布莱希特这三位戏剧大师做比较研究的，始于我尊敬的黄佐临先生。他在 1962 年春天的"广州会议"即"全国话剧、歌剧、儿童剧创作座谈会"上作过一个重要发言，后以《漫谈戏剧观》为题发表于当年 4 月 25 日的《人民日报》。他的发言旨在拓展艺术创作视野，打破话剧舞台上的单一沉闷现象。展现在佐临面前的世界戏剧千姿百态，他在文中却只选择梅、斯、布三家来立论。那是为什么呢？我以为原因也许有三：其一，戏剧史上的各种经验有好坏之分，而梅、斯、布的艺术实绩属于值得保留的优秀之列；其二，为了开阔眼界，倡导多样化，必须寻找不同的艺术经验进行比较评介，而梅、斯、布的戏剧艺术正是特色鲜明，各具风姿；其三，基于当时的社会现实，举出这样三家，容易为上下各阶层所接受，因为梅氏在国内的地位毋庸置疑，斯氏在苏联一直被作为戏剧界的正确代表，而布氏则是一名马克思主义者。正如佐临所说："梅、斯、布都是现实主义的大师，但三位艺人所运用的戏剧手段却各有巧妙不同。"佐临还称此三家为"艺术观上的一致，戏剧观上的对立"。

　　由于历史的原因，佐临的文章在当时未能产生应有的作用。十九年以后，他又写了一篇内容大体依旧的文章，题为《梅兰芳、斯坦尼斯拉夫斯基、布莱希特戏剧观比较》。此文原为英文稿，发表于新世界出版社出版的《京剧与梅兰芳》一书上，后由梅绍武翻译为中文，在一九八一年八月十二日的《人民日报》上发表。这一次却引发了一场历时数年的有关"戏剧观"的争鸣，影响深远。

佐临的文章用意十分明确。他在前后两文中都说了一段意思相同的话："为了便于讨论，我想围绕三个截然不同的戏剧观来谈一谈，那就是：斯坦尼斯拉夫斯基戏剧观，梅兰芳戏剧观和布莱希特戏剧观——目的是想找出他们的共同点和根本差别，探索一下三者的相互影响，相互借鉴，推陈出新的作用，以便打开我们目前话剧创作中只认定一种戏剧观的狭隘局面。"他称选择三个戏剧观只是"为了便于讨论"，可见并没有标举"三大戏剧体系"的用心。道理很简单，佐临深知世界上的戏剧体系、观念、方法、流派无比繁复，并非仅此三家。在他本人的历史上，就曾先后迷恋过莎士比亚、萧伯纳、皮兰德娄、格洛托夫斯基等戏剧家。而且我始终认为佐临于二十世纪六十年代初期提出戏剧观问题，与苏联剧坛于二十世纪五十年代中期开始的戏剧观念多样化思潮不无关涉。当时苏联革新派剧人的心目中倒是真有"三大戏剧体系"的，不过那却是斯坦尼斯拉夫斯基、梅耶荷德和布莱希特。佐临对于这些自然十分清楚。但他在讲三个戏剧观时，却以此梅氏（梅兰芳）替换了彼梅氏（梅耶荷德），这一方面表现了佐临的民族自豪感和理论独创精神，另一方面也表现了五六十年代中国文化精英所特有的谨慎深致的心曲。

但中国的一般剧人在相当长的时间内对世界戏剧状况所知甚少，佐临的前后两文就成为许多人了解世界剧坛的范本。于是在二十世纪八十年代初就有不少人接过佐临的话头，冠以"三大体系"，作为一种颇为流行的方便用语。

在我的印象中，真正着力著文论说"三大体系"的是我的同学孙惠柱先生。他在《戏剧艺术》一九八二年第一期上发表题为《三大戏剧体系审美理想新探》的长文。该文通过比较研究，认为"斯氏体系""特别着意于真"，"布氏体系""特别着意于善"，而"梅氏体系"则"主要是着意于美"。这是一篇很有创发性的结构精巧的论文，曾为多种戏剧书刊全文选载，影响相当大。我觉得此后有不少剧评人正是由于读过此文，才渐而把"三大戏剧体系"演用成一种通用话语。直至一九八六年，孙玫先生还著文题为《三大戏剧体系述评》（发表于《宁夏艺术》一九八七年第三期）。该文虽已指出斯、梅、布三氏"仿佛是三个并不一一对应的复杂的多面体"，但还是肯定地称他们是"三大戏剧体系"。

这两位孙先生先后都赴美国攻读博士。出国后，他们的认识肯定起了变化。孙惠柱似乎再不谈"三大体系"事，他的研究兴趣已转到皮兰德娄、日奈、格洛托夫斯基、谢克纳等戏剧家以及东方戏剧上去了。孙玫则于一九九三年岁末于美国檀香山著文对"三大戏剧体系说"提出商榷（发表于《艺术百家》一九九四年第二期）。该文一开头便为自己以往信奉过并在文章中引用过"三大戏剧体系说"而进行检讨，认为那种理论"对世界戏剧历史和现状的概括和描述是不准确的"。孙玫此时认为：第一，"将中国戏曲体系同斯坦尼体系和布莱希特体系并列比较，多少有些牵强"，"这三种戏剧体系并不是处于对等的层次上的"；第二，"纵观世界戏剧历史，就会发现本世纪产生重大影响的并不只有上述三种戏剧体系"。

我赞赏孙玫的"商榷"。这正体现了九十年代中国学人对八十年代学术的一种检讨与升华。

而今我们再来研读佐临的两篇文章，觉得他"为了便于讨论"而提出的三个戏剧观，其实主要是在说两种戏剧观。他的前后两文都郑重指出："两千五百年曾经出现无数的戏剧手段，但概括地看，可以说共有两种主要的戏剧观：造成生活幻觉的戏剧观和破除生活幻觉的戏剧观，或者说，写实的戏剧观和写意的戏剧观。除此之外，可能还有写实写意混合的戏剧观。"在佐临看来，这些不同的戏剧观，其区分点集中在一处，即如何看待舞台上的所谓"生活幻觉"亦即"第四堵墙"这个问题。佐临写道："他们三位的区别究竟何在？简单扼要地说，最根本的区别是：斯坦尼斯拉夫斯基相信第四堵墙，布莱希特要推翻这堵墙，而对于梅兰芳，这堵墙根本就不存在，用不着推翻。这是因为中国传统戏剧一向具有高度的规范化，从来不会给观众造成真实的生活幻觉。"佐临从中国实际出发，为了推动中国话剧的多样化，并使中国话剧在世界上独树一帜，就偏重于对"破除生活幻觉"亦即"写意"的戏剧观的推介。于是，他在前一文中突出介绍布莱希特，而在后一文中则更着重于论说中国戏曲。佐临把中国戏曲的内在特征概括为四个"写意性"：生活写意性、动作写意性、语言写意性和舞美写意性。

虽然余上沅于二十年代中期就曾把中国戏曲表演称为"写意派"，佐临于三十年代留学英国时亦已萌生"写意"意识，但那时的观念还是比较模糊的。佐临经过半个世纪的艺术追求，其思路逐渐清晰，原来他执着寻求的，是一种融合中西而又特立于世的中国式的"写意"戏剧。他晚年精心执导《中国梦》，不无自得地标称为"写意话剧"。他把自己毕生的著述编为一本书，然后大笔一挥，自题曰：《我与写意戏剧观》。

斯人已逝，然其功不可没，其"写意戏剧观"则已无胫而行于天下。

一九九八年四月二十五日

古虞夫子百年祭

中国现代知识分子，很少像陈古虞老师这样，大学时代攻读英文、法文，研究生专攻莎士比亚戏剧研究，却一辈子只钟心于中国昆曲艺术的传承；早年曾经是"热血青年"，投身于即时的演出评论，并不时发表颇为激进的改革意见，后半生却几乎不写文章，几十年沉潜于为古剧本谱写工尺；身为戏剧文学教师，却常常忙于为学导演、表演的学生讲解古老戏曲的"手眼身法步"，口传身授，乐此不疲。可见，他很独特，他是一个"全能"的戏剧教育家。

我于一九七九年考取上海戏剧学院的"戏曲史"研究生，学生只有一名，导师却有两位：陈古虞老师与陈多老师。虽然两位老师的年龄相差不大，但个人风格相距不小。如果说陈多老师更像是"新派"学人，古虞老师则更像是"老派"夫子。陈多老师喜爱戏曲理论研究，常有个性强烈的新观点文章面世，令学界老人连说"不敢苟同"；古虞老师则坚持曲谱乐律之类的技术性研求，不喜欢时流热闹，真的是"与世无争""处变不惊"。但他们两位都喜欢表演艺术，只是古虞夫子精通的表演是昆剧，而陈多老师精熟的表演是话剧。我曾看见陈多老师非常开心地在一部电影中串演一个小角色。古虞夫子好像连一个小角色也未演过，不过做过大演员的"教师爷"。陈多老师原来是学校的党领导，在一九五七年那场运动中被误伤落马，于是改辙从"专业"方面求发展。他是从当古虞夫子的助手开始做教师的。陈多师"智商"特别高，一个"华丽转身"，很快就成了国内知名的戏剧史专家，与古虞夫子共同撑起了上戏戏曲教育这半边天，并使上戏成了国内"戏曲研究"的重镇。我从两位老师处都学到了一些"看家本事"，这让我数十年来一直受用不尽。

由于我是本校首届研究生，因而总能感受到学校的特别关怀。古虞老师凡有专业活动，总是带我做"随从"，其实是引领我尽快进入"戏曲界"。于是我看到了上海文艺出版社为出版《中国十大古典悲剧》和《中国十大古典喜剧》的学术研讨会，我为许多老专家的热烈争论而惊诧。我看到了古虞师组织教师编校《李玉戏曲集》的艰辛劳作，老师想让我一起参与，我因忙于研读而谢绝了。到南京去看古虞师与来自北京的傅雪漪先生共同为张继青的剧团排演新戏。在老师家看古虞师抱病教北昆蔡瑶铣和上昆华文漪演《刺虎》。师母曾对我说，你也可以向老师学学昆曲身段。我知道学"表演动作"是要花很多时间的，而我当时"读书"很紧张，而且还要赶写学位论文。我回答说，等以后稍宽余时再学吧。可惜没有"以后"了。这是我一生中的最大憾事。

古虞老师有时还让我列席学校的教研室活动。他长期担任戏曲史教研室主任。上戏的"戏剧史教研室"工作包含"戏曲史"和"中国古典文学"两方面的内容。其中两位最年长的教师是陈汝衡老师和古虞老师。他们两位是上戏治"中国古典"最有学问的老师，又是上戏英文水平最高的老师。古虞老师当初毕业于北京大学西语系，而曲艺研究家汝衡老师曾担任过大学英文教师。古虞师说自己那年申报做莎士比亚研究，进门的"起步条件"是至少能背诵两部莎剧原文。而现在有些老师只靠翻译本甚至看看画册去教莎剧，他对此大不以为然。他早在四十年代就曾专写《莎士比亚演剧》的文章，借莎剧《亨利五世》的一段"序曲"，说明莎剧与中国旧剧在艺术上的相通之处。他还亲自翻译了莎士比亚的这一段剧诗。三十年以后，他在写作一篇论文时，又引用了莎剧的这段剧诗，而对译文做了许多修改，可见他研究莎翁也是"久久为功"的。他还为这段引文专门加一个注，对莎剧翻译大家方平的译文提出商榷。我们几个同学在读陈老师此文时，都曾为这一条注文惊叹不已。奇怪的是这两位陈老师在评职称时却是受压制的。学校很晚才为汝衡老师申报"副教授"，不过上头批复下来的却是"正教授"。而古虞老师好像是在退休后才"补评"为教授。

其实，老师对"职称"之类身外物一向看得很淡。他有所介意的是学校中长期将昆曲和曲艺看作是"落后的"旧文化，而且把两位陈老师看成为"遗老式"的人物。应该说这是当时社会的一个"通病"，将来自西方的东西称为"新文化"，而将中国传统的东西目为"旧文化"。我与陈老师曾议论过的"新文化"机构"作家协会"：其所谓"诗歌"，乃专指"新诗"而不及"旧诗"；其所谓"戏剧"，乃专指"话剧"而不及"戏曲"。这显然有失偏颇，但当时却并不以为非，反而"理所当然"地以为这是毋庸论证的"公理"。"上戏"成立时也是"新文化"的机构，大家习惯于鄙视像"昆曲"这样的"旧文化"。这是时风所致，本无所谓"是是非非"。但由此而影响到从业人员的事业前途时，就会显出了它的不良后果。陈老师们试图在"新文化"的专门学府中打造"中国传统文化"立足的根基，他们就将面对无知而又自以为是的权力所营造的教学运行机制。古虞老师曾黯然地对我说："领导总是不让我上课。"有一次总算有了讲课的机会，他就早早来到学校，静候上课的铃声。我去听课，只见他一上来就笑着对学生说："领导让我来上课，我很高兴，昨日特意准备了一份讲课提纲。"于是他在随身带来的手提包中寻取提纲，可是没有找到。他很歉意地说，"我爱人说已经把提纲放好的。"其实他根本不需要看这个提纲，你看他"脱稿"讲课，辅以"口唱""手舞"，十分生动。像这样的课堂教学，我敢说今世再无第二人。讲课完毕，他想看看表，手上没有戴，在提包中又是找不到。他又自言自语地说："我爱人说已经放好的。"此时，同学们报以会心的轻笑，紧接着一阵热烈的掌声。其实他也不必看表，有经验的教师对讲课时间会有一种准确的感觉，如有神助。在他寻表的时候，下课铃声就"及时地"响了，这就是一个证明。那天我的看法是，陈老师可能拿错了提包。

古虞师很少发表文章，这令我感到不正常。我与他谈及此事时，他说，他早年也写过不少文章，但以后就基本不写了。

他说，他在北大西语系读书时，有两位名师，五十年代以后，一位名师（按：他指的是朱光潜）常写文章常挨批，另一位名师搁笔不写，则平安无事。为此陈老师也就选择"不写"了。不过，在"文革"结束后不久，上戏创办学报《戏剧艺术》，曾约他写了一篇学术论文。这就是发表在一九七八年第四期的《场上歌舞、局外指点——浅谈戏曲表演的艺术规律》。这篇论文以"场上歌舞，局外指点"八个字说明"戏曲表演艺术的精神实质在于启发观众的想象力，运用观众形象思维来表现客观事物和塑造人物形象"。从这篇文章中可以看出古虞老师对于戏曲剧目及其表演路数的熟悉，同时可以看出他对戏曲艺术精神的独到见解。学报创办人陈恭敏老师曾对我说，黄佐临先生读了古虞师的这篇文章，十分敬佩与赞许。

这篇论文的标题"场上歌舞，局外指点"八个字，是《桃花扇》作者孔尚任在《桃花扇·小引》中说的话，古虞先生巧妙地引用以表示自己对戏曲表演艺术精神的概括。先生对《桃花扇》情有独钟。鉴于该剧的演唱材料十分稀少，他就深下功夫，为《桃花扇》的全部曲词谱写了昆曲工尺，以利于推广演出。他还为几十出元杂剧订制了昆曲演唱谱。数十年生命，凝聚于此，这就成了古虞先生一辈子最大的艺术及学术创造工程。先生一生，最关切的是昆曲的命运，他也已为此而贡献了自己的毕生力量。可惜他是在昆曲面临着消亡危机的时刻离开人世，如果再活十年，他就可以看到"昆曲"被列为"人类非物质文化遗产"的代表作；如果再活二十年，他就可以看到"唱昆曲"已然成了上海大学生的时尚。今天，在世界的许多大舞台上，时时响起悠扬的笛声，伴随着昆曲的歌声舞影。这就可以告慰先生的在天之灵。

细想起来，古虞先生是属于有点"迂"的老夫子一路。他招呼我总是用"全称"。他常常骑着一辆旧单车，在校园看见我，就会长呼："叶长海同志！"一口标准的京腔，略显苍老而又未褪磁性的男中音，音色颇佳。"最近怎么样，叶长海同志？"他总是这样发问。"还是那样，老师。"我总是这样回禀。我常常想，我与老师，相识已久，老师呼我，不必如此"正式"。我到先生府上拜访，师母要留我吃饭，我因故推辞，老师就吃惊地问："吃饭会有什么关系吗？"他误解为"新型"的革命师生之间，在一起吃饭会有什么问题。我送上一包从家乡带来的茶叶，他的第一反应是要给我"茶款"，我告诉他："没有关系的。"我见过不少这样的前辈学人，他们试图努力跟上新社会的时代步伐，当那些时髦的"新文化人"早已告别"革命时代"时，他们却还在学习使用"革命时代"的新话语，但听起来总觉得有些别扭。而且他们往往缺少个人独立生活的能力。古虞老师就是这样，他的个人生活琐事，似乎都依赖师母的照拂，以至于上课的"课件"也习惯于由师母为他整理。多年以后，当陈师母在先生之前去世时，大家都曾为先生的日常起居而担心。不久，先生也驾鹤西去了。老师与师母都走了，学生心中留下的那种失落感，永远难以言说。

天上人间，先生已度过百年之期。此刻正是人间"七夕"，我久久地仰望星空，前尘影事，似水如烟，频现心头。仿佛看见先生骑着他的那辆旧单车，在我眼前闪过，令人感慨万端。人生世事，真如轮转无定，唯有情思缕缕，牵系人寰。请以诗为志：

> 欲展文心难自成，独怜词曲苦躬行。
> 百年重奏阳春乐，可慰先生千古情。

谨以此遥寄于九天星河。

己亥七夕拜识于沪西周桥

《词曲通解》弁言

二〇〇九年七月二十六日，郑西村先生离开了我们。先生以九十七岁的高寿，安详地驾鹤仙去，作为世间人生，这是令人羡慕的。但是，我知道，作为文化人，先生还是留下了深深的遗憾。先生在去世前几天还给我打电话，一口气说了三刻钟，谈他正在进行的四本书的写作计划。当时，他语调坚定，中气饱满，充满信心。因为他很清楚，我们也深信无疑，他是能够而且必须活过一百岁的人。谁知，他突然撒手人寰，飘然而去，这令我们都面临着永远的遗憾。

郑先生一生，遭遇时世坎坷、国家多难，直到晚年才有了可以安心读书写作的环境。就是在这短短的时段中，他创造了一个奇迹。一九九二年，他的第一本学术著作出版，这时他已是八十岁的老人了。一般读者以为这大概是一位老人最后的著作了，但是，他们无法想象，这却是郑先生学术生命的新的开始。此后，他又先后出版了三本学术巨著，第五本书也已完成，等待出版。短短的十几年间，完成了二三百万字的写作，差不多每三年出版一部学术著作。这对于青年人、中年人，都是很难实现的，而这竟然是从一位八十岁、九十岁老人的笔下完成的。而且，这位老人刚刚宣布，他还要写四本书。且不论他的每一本书，都有一大堆学问值得我们去学习、研究，仅以他晚年所创造的这种生命的奇迹，就是一个值得研究的课题。

郑先生的每一本书，都解决了一个学术难题。在这些领域，都曾有我们温州的先贤攀登过高峰，而郑先生在这里又做出新的贡献。在戏曲学方面，郑先生致力于王季思先生、董每戡先生未及涉猎的声腔音乐问题；在词学方面，郑先生的《词源解笺》把夏承焘先生解决了一半而留下的另一半难题破解了；在音乐学方面，郑先生在潘怀素先生、缪天瑞先生的研究基础上前进了一大步。在这些疑难重重的领域中，人的一生只要能解决一个问题，都会感到无比自豪和满足，而郑先生却在他的晚年解决了多个问题，而且逐渐形成一个自具特色的体系。但他并未就此感到满足，他对我们的最后遗言是，他还要完成四本书。

为什么有那么多的难题要由一位老人去完成？这是有深刻的原因的。一个原因是由于相当长的时间，世上多乱局，不可能也不允许学人专心地从事文化研究，好容易遇到安定的日子，却已是人到晚年了；另一个原因是郑先生所研究的是一门门艰深的学问，一个人如果没有长期的多方面的学术积累，是无法进入那些门径的。在这些艰深的、枯燥的、令人望而生畏的学问面前，郑先生用自己全部的生命去迎战它，数十年如一日，安贫乐道，默默耕耘，为我们开出了一片学术田园。

温州市社科联对郑先生的学术成果十分重视。近时还专门为先生编成一本文集。这本文集分两部分，一部分为"期刊论文"，另一部分为"专著节选"。"专著节选"选录了郑先生先后问世的四部专著《词源解笺》《昆曲音乐与填词》《宋词音乐研究》及《中国长短句体戏曲声腔音乐》的绪论及部分章节。这些选义基本上能反映郑先生这四部巨著的学术精粹。"期刊论文"所辑的二十四篇文章，所涉领域大体上与上述四部著作相对应，但由于这是先生对一些具体问题的深入开掘，因而在这些点上更具深刻性与概括力，也最具学术创发性。从这些论文中，可以清晰地看出郑先生数十年间学术研究的前进之路。对永嘉（温州）昆剧音乐的研究是郑先生学术研究的最初突破口。先生曾长期研究永嘉昆剧，得出的结论是，"永昆"（永嘉昆剧）与"苏昆"（苏州昆剧）的音乐特色和表演风格相差极大，可能不具有直接的传承关系。于是带领我们下功夫深入探索昆山腔与海盐腔的历史沿革，并由此而对"南曲系统"做了全面的考察。由于南曲的源泉是由"宋词而益以里巷歌谣"（徐渭语）演变而来，因而我们设想，由南曲音乐而上溯宋词音乐，可能是一条可通之道。于是先生有了宋词研究的个人创见，并曾尝试宋词的"宋读宋唱"。先生在生前曾有一个愿望，那就是建立"词曲学"的独立学科。他认为这个学科应建设四个方面的课题：其一是词律学，其二是乐律学，其三是词曲史学，其四是词曲创作。先生平生正是在此四方面耕耘不已，并以其煌煌巨著而树立了一座文化丰碑。

先生之学真是一种"绝学"，能够在这里进行研究的真是不世出的人才。这些学问，一般人难以为继，国学中的一些文脉随时都有可能断流。所以，郑先生从五六十岁开始，就考虑到要尽早培养学生。我就是在二十世纪七十年代初期的那一个寂寞的年代，拜在郑先生门下学习词曲学的。郑先生的教学方法，就是让你与他一起工作。这样，学习的开始，也就是研究的开始，而且一开始就接触那些最前沿的学术问题。可以说，学习一开端，就已确立了成功的可能。我是一名教师，我深有体会，这样的老师才是最好的老师。

可惜，我从离开温州以后，由于教学繁忙，加上各种俗务缠身，已不可能经常在郑先生身边随时向他请益，也没有可能再协助他完成研究课题，为他分担过于繁重的任务。这是我深为愧疚的。幸而温州还有不少有志青年，进入了郑先生的门墙，但愿他们中间，有人能真正继承郑先生的遗志。我相信，先生的事业总会后继有人的。

现在，先生离我们已经越来越远，但我们永远忘不了这位儒雅而又洒脱的老人。他的音容咳唾犹自与故乡的山水同在，他的文化遗产始终在滋养着一辈辈后学的学术生涯。

壬辰仲秋拜识于沪西周桥

《张崇棵山水画选》题词

二十世纪七十年代，在温州道后的那个屋檐下，我们相邻多年。那时世局未安，前程茫然。青年人犹在东奔西逐，中年人则觉事事无聊，于是站在走廊边看老年人下棋。您已是老年教师，却也常常站到棋桌边，端一杯茶，燃半支烟。一忽儿您走了，原来又回到那"半斗"之室，铺纸抖笔，慢慢地为那幅画添枝加叶。

我从小喜爱画画，自然常到你处站站，读读你的画，再聊几句艺谈。后来我离乡游学，我们见面次数渐稀，但每次回家我总会到您的小屋中看看。你还是那样，专心您的笔下水墨，多时才发一语，带一声微笑，伴一声轻咳。

我觉得您似乎没有什么其他爱好，也没有任何其他想头，只在笔下流动您的生命，直至生命的尽头。您总是那样无声无息，默然漫步，在别人不经意之间，为画苑植下花丛，在学生的心中留下永久的怀念。

一九九二年十一月

《明清戏曲家考略全编》序

一九九五年二月上旬，农历正月初六，旅美数年的邓长风先生第一次回国探亲。他邀请上海的一批师友到陆萼庭先生家一聚，给我们赠送了他的第一本著作《明清戏曲家考略》。其时在座的有蒋星煜、陈多、夏写时、唐葆祥诸先生。此书由上海古籍出版社一个月前刚刚出版面世。那时出版学术著作是很困难的，所以诸位学人在摩挲着这一本精装的大书时，都表现得特别兴奋。

一九九七年二月上旬，农历正月初三，长风再次回国探亲，他邀约一批同人到我家一聚。光临的有胡忌、黄菊盛、李晓、赵山林、朱建明等先生。长风还给我介绍了他的弟弟周风先生。他给我们赠送了新著《明清戏曲家考略续编》，这也是上海古籍出版社于月前赶印出来的。时间仅仅过去两年，长风就又献出了这样一份学术厚礼，这给那一个新春佳节增添了一份意外的惊喜。

一九九九年二月下旬，农历正月初九，周风先生来访，他带来长风兄的新著《明清戏曲家考略三编》。他告诉我，长风在华盛顿卧病不起。这令我十分难过。翻书看版权页，上海古籍出版社照样是在农历年前赶印而成的。可惜长风未能回乡过年。

过了个把月，我因事给陆萼庭先生挂电话，陆先生在电话那头告诉我一个惊人的消息：长风于当月八日在华盛顿去世。真是令人难以置信！他的新书还在我的手头散发着油墨的清香，而他却如此匆匆地离开了我们。

长风与我同庚。他在学术生涯最为宝贵的时刻被病魔夺走了生命。其才未尽，其志未展，现实竟是如此地残酷无情，这不能不令吾辈扼腕慨惜。我想，长风经历过许多苦难的日子，与许多同辈人一样，因时世的关系虚耗了许多年华，故而特别珍惜难得的平和生活，不免过于用功劳累。我总觉得他除了坐冷板凳，已别无所好。可惜他远在天涯，无法与我们分享生活的各种乐趣。他的《考略》三卷，卷卷都是呕心沥血之作，他已经为戏曲文献研究做出了功德无量的贡献，这是他的血汗与生命的结晶。

长风的《考略》三卷，大部分文章是在华盛顿的国会图书馆里写成的。他注明为"美国国会图书馆读书札记"的有四十五篇，注明为"美国国会图书馆所藏清代珍本知见录"的五篇，另有多篇文章的材料都与国会图书馆有关。他自己在《考略三编》的后记中曾有一番统计："六年半来，即自一九九〇年七月至今，我在国会图书馆度过了五百多个工作日，阅读过的清人诗文别集、总集、丛书、族谱、年谱、杂著等，总数当在一千五百种以上。"所下的功夫如此之深，所研阅的历史文献如此之多，而且大多是难以经见的善本乃至天下孤本，这就保证了他的文章的扎实的材料基础和原创性。

　　记得 1993 年仲夏，我赴美参加耶鲁大学举办的学术会议，长风邀请我顺访华盛顿。第一天他就带我参观国会图书馆的中文部。看他在图书馆的自如往来，与管理人员的亲和相招，你就会觉得，他俨然成了这个图书馆大家庭中的一员。一位清瘦的先生带我们在大书库的书廊间走进走出，然后就特地开锁让我们进善本书库观赏。管理人员自豪地对我说，国会图书馆有中文藏书七十万册，为全美第一。这里真的是研究中国文化的福地，不要说别的，就凭那么齐全的地方志，就令人羡慕不已。在华盛顿的那几天，长风还陪我参观白宫、华盛顿纪念碑，还有各种艺术博物馆。我们还一起到那座因发生"水门事件"而闻名于世的大厦，拜访研究中国戏曲和中国电影的著名学者时锺雯教授。

　　当然，我不问也清楚，整年累月坐在国会图书馆里读书，那是要付出极大的代价的。因为在美国，没有足够的时间去打工赚钱，其生活的窘迫可想而知。所以，今天当我读到他在《考略三编·校后记》中写的"当我执迷于我所钟情的领域、苦心经营着自己的三本论文集时，内子一直默默地支持着我"这句话时，别有一番感慨。想想看，长风一家以经受生活的贫困而获取精神的富足，那是怎样的一种境况。

　　但长风经过默默耕耘，涓滴积累，持续不断地奉献学术成果，终于成了一名有特殊贡献的专家。陆萼庭先生称赞长风的书是"通过辨讹、正名、定位，逐个解决问题的书"。因为长风考察的是"明清戏曲家"，重点又在清代戏曲家，而清代戏曲家

"数量大、问题复杂、空白点多（大多生平不详）"，故而需要通过数据的爬罗剔抉，逐个予以解决。所谓辨讹，是指对一些以讹传讹而又习焉不察的问题加以辨正。所谓正名，是指考索戏曲家的本名、真名，以替代习称的字、号等别名乃至假名。所谓定位，是指考索戏曲家的生卒年及生平行迹，按生卒先后为曲家排定次序。（《考略续编·序》）

长风的明清曲家考索，对于中国戏曲史研究的展开，其推进作用非同一般。二十世纪八十年代，陈多老师在古籍中发现了两篇明代的戏曲理论著作，一篇是祁彪佳的《孟子塞五种曲序》，另一篇是卓人月的《新西厢序》。我在写作《中国戏剧学史稿》时及时介绍了这一新发现。卓人月这个人物引起我的极大兴趣。由《新西厢序》中得悉，卓氏曾改写王实甫的《西厢记》为《新西厢》，其故事结局变喜剧为悲剧。此本《新西厢》未流传，但作者自撰的序文却流传下来了。这篇《新西厢序》的确是中国文艺史上难得的有关"悲剧观"的文章。但当时我未及读过卓氏及其友人的一些文集，因而对卓人月的生平知之甚少。不久读到了长风专论卓人月的论文，发表在《文学遗产》1992 年的第六期。他在国会图书馆读到卓氏的《蕊渊集》及其好友徐士俊的《雁传集》，由此考知卓人月的生卒年，获悉有关卓氏的生平、交游及著述的许多事迹。为此，他对我在《史稿》中的论述有所充实与修正。他分析卓氏"独特的生活经历"和"独特的家庭结构"，认为"卓人月正是一场现实家庭悲剧中的牺牲品"。这一结语真如醍醐灌顶，让我惊叹数日。

《孟子塞五种曲序》的发现，犹如一石激起千层浪。徐朔方先生首先著文认为此篇序文只是《贞文记》传奇的序，而不是"五种曲"的序，并认为孟称舜的《贞文记》作于清顺治十三年（1656）或以后，因而这篇序不可能是祁彪佳（1602—1645）所作，而只能是一篇伪托文章。长风为此一公案连续写了三篇论文，对徐文提出质疑。在论述过程中，长风首先从清人平步青的文章中，考订了孟称舜的生卒年。同时还理清了"久保天随藏本"《贞文记》的流转路线，而最终请友人在台湾找到了此一存世的最佳本。此一线索的提供，极便于海内学者的继续考辨。

我从长风的研究成果中得益还有很多。如长风率先论证《笠阁批评旧戏目》的作者是吴震生。此一发现已为学界所认同。我在《史稿》再版中就依此而定名。又如《曲波园传奇二种》，历来都认为是明末杭州人徐士俊撰作，长风明确指出其误传的过程，考定其作者乃清初会稽人徐沁。十几年前，我参加主编《中国曲学大辞典》，就专列条目《曲波园传奇二种》，题为徐沁作。

回想起编纂《中国曲学大辞典》，有多少学者的动人事迹令人永远不能忘怀。我们当时聘请陆萼庭先生编撰清代戏曲家这一大目。陆萼庭先生提出的第一个合作者就是长风兄。长风《考略》三卷中细心考证过的许多有关清代戏曲家的材料，都在《大辞典》中有所揭橥。陆先生与长风都说过，他们当时虽远隔重洋，但常有书信往来，共同探讨许多有关清代曲家的学术疑难问题。这种学术讨论对于提高辞书释文的学术质量无疑是十分必要的。

长风总是这样，把辞书编撰工作看成是自己的责任。他还特地从国会图书馆的善本书库中拍摄了两幅书影提供给《大辞典》，一幅是明陈继儒评本《玉杵记》，另一幅是清康熙刻本满汉合璧《西厢记》。这两幅极其珍贵的照片给《大辞典》增色不少。

长风之所以锲而不舍地考索几百名清代曲家，正是因为他志在编一本清代的曲家曲目书录。此事难度很大。长风就曾明确地指出，历来的戏曲研究，大致是由元及明、及清，顺势而下，往往重点在元、明至于清初。清代戏曲，作为一个整体，未被重视，对它的研究也最为薄弱。而研究得深入与否，与戏曲作品的流传状况有很大关系。元明杂剧、明传奇，都有不少总集、选集存在，还有大量近人的排印本，而清代的作品，仅有一小部分流传稍广。也正因为如此，对于戏曲书录的编撰，清代自然就比元明两代艰难得多。他为此思考有年，并且有了一些具体的想法，先后写了《也谈清代曲家曲目著录的几个问题》《〈中国古典戏曲序跋汇编〉简评——兼谈清代曲家曲目著录的若干问题》和《戏曲文献学的呼唤——试谈清代杂剧传奇总目的编纂构想》三篇论文。这三篇题为《也谈》《兼谈》《试谈》的论文分别收入他的《考略》《考略续编》和《考略三编》三本书中。他自己认为，这三篇文章"反映了几年来我在编撰一部新的清代戏曲书录问题上的思考轨迹"。（《考略三编·后记》）

关于清代戏曲书录问题，长风的思考主要有三：一是关于曲家生平考证的问题，二是清代曲家的分期问题，三是杂剧与传奇的区分问题。对于这三个问题，他都有较成熟的看法。如对杂剧与传奇的区分问题，他提出了一个标准："可将杂剧与传奇的分界线，划在十与十二之间。"这一句简单的话，却是他对全部已知曲目的统计结果。他发现：六至八折的短剧，前人已确认归于杂剧；十二折的曲目，多被视为短篇的传奇；剩下的只有九至十一折的曲目了，而既成的事实是八、九、十相连，而十一折的曲目恰恰一本也没有。有了这样一个统一的标准后，长风就自己设问："清代究竟有多少杂剧作家、多少传奇作家？又有多少兼作杂剧、传奇的作家？在兼作杂剧、传奇的作家中，两种体制的作品皆存的有多少、一存一佚的又有多少呢？"（《试谈》）他设问的时间是在一九九六年十二月份，而他在两年后就弄清了这些基本数据。他制作的《清代戏曲家分期、作品存佚、体制一览表》（未刊稿）给出了清晰的答案。他根据全部清人戏曲书录及近人戏曲书录，统计而得：杂剧作者二百十一人（作品存者一百六十一，佚者五十），传奇作者五百八十六人（作品存者二百六十五，佚者三百二十一），杂剧、传奇兼作者八十四人（作品存者七十九，其中两存者五十八，存一者二十一，佚者五），总计八百八十一人（作品存者五百零五，佚者三百七十六）。得出这些基本数字，其中甘苦，是不言而喻的。没有"竭泽而渔"的勇气，谁也无法做这样的统计。

长风在分析了上述三大问题后，就期待"一部体现最新成果、充满新鲜材料、既翔实可靠又尽力避免因臆断而误着的清代戏曲书录及早问世"（《兼谈》）。而他在《试谈》中就已经相当清晰地提出编纂构想。一部理想的"清代戏曲书录"呼之欲出。

其实，长风于一九九四年三月二十九日写成《兼谈》后，就已着手编撰这种书录。现在摆在我眼前的是长风的一部手稿，这虽是一部未完成的遗稿，但其中对清代曲家的统计已十分周详可靠，其研究亦已趋于综合化系统化。他的总结性的《清代戏曲家综表》写于一九九六年七月十一日，此后又做过多次修改。他的手稿边上有好几则按语。说明他于一九九六年八月、十月、十一月、十二月、一九九七年一月都在不停地修改，而定稿于一九九八年十一月，其最后一则按语云："本表直至1997年10月以前，一直在进行增补调整；停顿一年以后，1998年11月24日—30日，经反复核对，终于定稿，凡得曲家880人。"这里所说的"停顿一年"，正是他因卧病而中止了这部系统著作的撰写。

他的最后一篇论文《〈传奇汇考〉探微》乃是抱病而成的。论文在台湾《汉学研究》第十七卷第一期发表。刊物于一九九九年六月份出版，而长风已于三个月前病逝。在论文末尾的附语中，长风告诉我们，他是在《考略三编》截稿后深入探索《传奇汇考》的，不料于一九九七年十一月中旬开始生病，他在"以文为药、与病魔相抗争的信念驱使下"开始了本文的写作。至一九九八年一月底在接受了一个手术，而医生宣布必须再度施行手术时，他"一边继续地求医问诊，做各种必要的术前检查和化验，一边忍受着病痛、重新鼓起几乎已经销蚀殆尽的信心，重新出发，终于赶在三月初的手术之前完成了本文"。我非常仔细地捧读了这篇论文，这一篇两万多字的考证文章，可以说是长风一生中最好的论文之一。他真有"课虚无以责有"的手段，在一堆看似无关的材料中，竟然能考证出《传奇汇考》的作者是明末清初的戏曲家来集之。由于他的冥搜幽讨之功，大大推进了对《传奇汇考》这一部充满问号的奇书的认识。但谁能想象，这样一篇精彩之论，是作者在与病魔做数月的周旋抗争中写成的。

一九九八年八月底，长风终于看完了《考略三编》的校样，他在《校后记》中写道："自去冬以来，二竖为逆，既久且烈，苦痛逾常；幸有内子陪侍在侧，夙兴夜寐，照拂一切，始得避凶趋吉、化险为夷。"但是，他的生命还是未能真的"化险为夷"。他在二十世纪末的那个乍暖还寒时节，在遥远的异国他乡，孤独无援地离开了人间。

但是，他的生命在他的笔下铭刻着并永生着。诚如他自己所言："读书、研究和百万字读书札记的撰写，耗去了我生命的一部分；同时，这三本集子也忠实地记载了我生命历程的一部分，并且已经成为我生命的一部分。我将会加倍珍惜这一段曾经属于我自己的生命。"（《考略三编·后记》）

如今，他离开我们已经整整十年了。我可以告慰逝者，你的这一段生命，滋养了许多读者的学术之灵，日益显得珍贵无比。你的书，始终安放在我的案头。

二〇〇九年二月十七日

乐失求之戒

——《戏剧的发生与本质》序

胜华君将历年有关戏剧发生与戏剧本质的论文总为一集，书成，问序于我。

看胜华笔下之民间演艺，直似奇花异卉，扬辉振彩，已令人目不暇接，而胜华勤读书、多行路，能至人所未能至，言人所未能言，此亦足以令人感叹。我与胜华虽有数度共同切磋学艺的机缘，但他近年的许多新见闻、新创意已远远超越我们以往熟知的境域。我于此时只可与之共享喜悦，而无可贸然置评。

虽然，尚有可说者。

关于戏剧的发生，历来聚讼纷纭。西方人类学家认为"戏剧"应该包括所有再现某一种活动的表演，它是最早发生的模仿艺术。艺术学家论艺术兼及戏剧，或以为艺术是对行动的模仿，或以为艺术起源于游戏冲动，或以为起源于交感巫术，或以为起源于劳动。由于各种理论不断展开，而且互相驳难，这就自然产生互相吸收与渗透的现象。于是有些理论家即作"多元论"的思考。胜华论戏剧发生亦有多元论的倾向，不过他的表述很有独到之处。

中国历代学者对戏剧起源亦多有阐发。宋代人高承认为"戏"

起于娱乐(《事物纪原》),苏轼称三代的蜡祭是远古的"戏礼"
(《东坡志林》);明代人王守仁把古乐舞看作是古时的戏曲(《传
习录下》),杨慎认为春秋时的"优孟衣冠"即是"开科打诨"
的戏剧(《升庵集》),汤显祖则主张戏剧发生于"情"的感发(《玉
茗堂文》)。中国古人的某些看法与西方论家的认识亦有相通
之处。近人王国维于一九一二至一九一三年著《宋元戏曲史》,
主张中国的戏剧肇源于上古巫觋歌舞和春秋时代的古优笑谑。
王国维的创发之论启引了一代代学人对中国戏剧的研究之路。

关于戏剧的本质,论家亦是争讼不已。所谓"戏剧本质",
另一些人则谓之"戏剧性"。对戏剧本质的阐述,在戏剧家的著
作中,出现比较多的有所谓"动作说""冲突说""激变说"和
"情境说"。主张"动作说"的,认为戏剧就是用"动作"模仿
"在行动中的人";主张"冲突说"的,认为戏剧动作的整个过
程即是表现了冲突的发生、发展和解决;主张"激变说"的,把
戏剧称作激变(Crisis,又译作"危机")的艺术,而把小说称作
渐变的艺术;主张"情境说"的,认为戏剧常常凭借情境的奇特
性、特殊性与不落俗套进而感染、刺激和震动观众。这四种见解,
最先出现的是动作说,其次是情境说,然后是冲突说、激变说。
动作说以演出为基点,着重从戏剧演出的角度认识戏剧。冲突说、
激变说以剧本为基点,着重从戏剧文学的角度认识戏剧。情境说
则居于其间:它与情节有关,这就与戏剧文学相关联;它又与场

面有关，这就与舞台演出相关联。

　　近年来，对戏剧本质特征的审视角度起了很大的变化。人们已不满足于以案头戏剧文学为基点，而将兴趣转向以剧场为基点。于是就产生了"对话说"与"仪式说"等新观点。"对话说"或曰"交流说"，认为戏剧的宗旨在于建立演出者与观赏者之间丰富多彩的直接对话，"没有演员与观众之间感性的、直接的、活生生的交流关系，戏剧是不能存在的"。（耶日·格洛托夫斯基《迈向质朴戏剧》）有的戏剧学者则把剧场中的交流称为"三角回馈作用"，其中包括舞台与观众之间的回馈作用及观众当中各个成员之间的回馈作用。所谓"仪式说"，认为戏剧活动与宗教仪式性质相通，当仪式活动中宗教意识逐渐降为次要地位，而娱乐意识或审美意识升为主导地位时，仪式就变成了戏剧。剧场的"仪式性"特别深刻地体现在一种从演员到观众、从观众到观众的集体心理体验之中。从交流的角度或仪式的角度来观察戏剧特征，最能看出戏剧的剧场性与群体性，而这些却正是电影或电视等"影子艺术"所不可能具备的因素。因而在当前剧场艺术受到电影、电视的冲击时，人们强调了戏剧是一种"活的人群的艺术"，强调了戏剧本身所具有的而又为电影、电视所不能代替的这种"交流性"和"仪式性"。

　　戏剧的发展变化不会穷尽，对戏剧本质、功能及特性的认识，也不应该有所终止。胜华在本书中论戏剧本质倾向于仪式说，不过，他同时又提出一个鲜明的观点："戏剧艺术的基本特质是扮演。"什么是"扮演"？他说，"扮"即装扮，一个人经装扮便改变了他原来的角色；"演"是表演，装扮者必须以角色的身份进行活动方可称为戏剧。只有表演而无装扮的艺术是说唱艺术；只有装扮而无表演的艺术是时装模特；既有装扮又有表演的艺术是戏剧艺术。只要人类尚未失却模仿的本能以及角色转换的欲望，扮演行为就永不衰亡，戏剧艺术也就永不衰亡。从胜华说"扮演"的这些话语中又可看出他常有的"多元论"的思维特色。

总之，说发生，论本质，众口攘攘，歧义纷呈。看来问题多多，其实归根到底是要回答一个问题：究竟什么是戏剧？我曾半开玩笑地说，如果给我半天时间，我可以找出三十个以上的答案。这里可以随手捡出十九至二十世纪文艺学家给"戏剧"下的几种定义，如说：戏剧必须是一面焦点集中的镜子（雨果）；戏剧是对自然的模仿（柯勒律治）；戏剧是产生于观众和演员之间的东西（格洛托夫斯基）；戏剧是舞台形象的动态的建筑结构（尤奈斯库）；戏剧是这样的一个总和，我们在剧场里借助于它来表现生活，并给剧场中一千二百名观众以真实的幻觉（布朗德·马修斯）；戏剧是一个概括全面的通用词汇，它将红色帷幕、舞台灯光、无韵诗句、笑声、黑暗通统胡乱地加在一起，成为一个混杂的概念（彼得·布鲁克），等等，花色品种，五花八门，不一而足。难怪英国戏剧学家马丁·艾思林曾大发感慨："论述戏剧的书籍写过何止成千上万，但是，戏剧一词的定义究竟是什么，似乎还没有人人满意的说法。"（《戏剧剖析》）

日本戏剧学家河竹登志夫亦说："随着戏剧本身概念的变化，现在是到了重新提出'什么是戏剧'这一问题的时候了。"（《戏剧概论》）他们之所以提出问题，并不是想给戏剧下一个人人都满意的定义，而仅仅是为了表示对以往的种种定义的不满、怀疑或否定。

天下事，了犹未了，何妨以不了了之。我于此道常常修"活路"而不下"死棋"。

一九八八年九秋时节，乌鲁木齐设"中国戏剧起源研讨"论坛，我曾登坛说法，大意是说：什么是戏剧？要回答这个全世界的戏剧学家都在思考的问题，首先要注意几种区别。一是近代戏剧概念与古代戏剧概念不同。"戏剧"其实是一个历史性的概念，它既具有历史的规定性，又具有历史的流动性。二是中国戏剧与外国戏剧不同。如果从渊源上来看，世界上至少有三种戏剧：古希腊戏剧是以"诗"为本位的总体性艺术；古印度戏剧是以"舞"为本位的总体性艺术；古中国戏剧是以"乐"为本位的总体性艺术。即就中国而言，也还有一个汉族戏剧与其他各民族戏剧的观念差别问题，因而未可一概而论。三是戏剧文化与戏剧文学的范畴不同。"戏剧"指的是整个戏剧艺术文化，而"戏剧文学"则仅是其中的文学部分即剧本部分，前者大于后者。戏剧除了剧本更要演出。而且许多国家都存在并没有剧本的戏剧类型。我们在阐释"戏剧"的时候，应注意这种种的"不同"现象。自那次发言至今，十余年时间弹指而逝，历史已跨入一个新的世纪，而我的这种想法却依然如故。

　　《汉书·艺文志》有云："礼失而求诸野。"明代戏剧家汤显祖则云："乐失求之戎。"（《玉茗堂尺牍》）今胜华君深入考察民间的演出活动，特别是少数民族的"始原戏剧"，试图由此而解答前人留下的那些疑难问题。毋庸置疑，胜华已以他的筚路蓝缕之功为我们展示了星散于远方边寨的新奇的戏剧画卷，并因此而别开戏剧研究的生面。读者可以从本书中感知一些戏剧学的新鲜见解，特别是悟解"田野作业"对于理论突破的重要意义。我则深信，每个人都可以迈开自己的双脚，行走于苍茫大地，行走于四方边隅，走出一条属于自己亦属于我们共同事业的新路来。

　　是所望焉，此序。

二〇〇一年八月十七日

人在，艺术在

——"昆大班"六十周年志贺

在近百年的中国昆剧史上，有两个群体占有特殊地位：一个是苏州昆剧传习所，另一个是上海的"昆大班"。

清代乾隆中期以后昆剧整体走向衰落。到清末民初，则已消失殆尽。此时，一批有识之士以拯救昆剧危亡为己任，筹资于一九二一年在苏州开办了"昆剧传习所"。传习所为延续昆剧之艺术生命，做出了历史性的贡献。怎奈时运不济，从"昆剧传习所"里走出的"传字辈"老艺人在乱世之中，无法将昆剧推向一个新的高度。但能在那样的时世中苦苦挣扎于生存之道，保存下昆剧的火种，已属不易。

直到一九五三年华东戏曲研究院成立，昆剧才又遇到了新的转机。中央政府专发文件，让散落于全国各地的"传字辈"艺人集聚华东戏曲研究院，筹办昆剧培训班。次年，第一届昆剧演员训练班（简称"昆大班"）开班。经过 "传字辈"老师八年"精耕细作"的手把手传授，"昆大班"学员成为上海戏校行当齐全、学戏最多、成才率最高的班级。文艺界对"昆大班"寄予深切的期望。

可惜这些风华正茂的"昆大班"同学毕业后不久就遭遇"文

革"，他们被迫离开了舞台，辗转飘落在江浙沪一带，做着跟昆剧无关的事。一九七八年上海昆剧团成立，缘于那份对昆剧的感情与热爱，他们又一个不落地全都回归昆剧艺术，回到昆剧舞台。四十岁的年华，他们重新燃起了奋斗热情，满腔热血地投身于艺术创作。由于在学校的基本功打得扎实，加上他们刻苦认真，努力揣摩，于是一路披荆斩棘，承前开新，屡屡有所创获。他们不仅把《牡丹亭》《长生殿》《邯郸梦》《玉簪记》《寻亲记》这样的经典大戏以及《盗草水斗》《借茶活捉》《刀会训子》《偷鸡盗甲》等打磨得无比精美，而且还创作了《蔡文姬》《血手记》《司马相如》《琵琶行》《班昭》等一系列新戏，为昆剧的艺术宝库增添了新财富。他们的表演艺术获得艺坛各界的认可与喜爱，亦成为戏曲界各行当表演的典范。

在取得舞台表演艺术的可喜成就后，他们便开始开科授徒，积极地培养"昆三班""昆四班""昆五班"各种人才。尽管到处是艰难险阻，但他们总能让我们一次又一次地得到慰藉，常常于不安处看到昆剧的希望。

于今，"昆大班"艺术家们已走过一个甲子的艺术之路，但我们还经常看到他们在舞台上各献其艺，不仅每位艺术家宝刀未老，而且创造了整体的辉煌。这真是艺术史上的奇观！

六十年来，人生世事，曲折迂回，回首前尘，不免感慨深深。记得十年前，我们曾相聚在一起，共同回顾"昆大班"的五十年历程。我们把大家的肺腑之言编成一本书，题为《魂牵昆曲五十年》。想不到又是十年，匆匆而过。所幸昆剧"老将们"艺术之树常青，他们依然是魂牵梦绕，为昆曲，走过六十年，走向七十年。

二〇一四年六月九日

九山湖情思

应朋友之邀来杭州参加文化活动，投宿在绿树掩映的西湖国宾馆。晚间在湖边漫步，只见里西湖黝黯的湖水泛着神秘的波光。前面黑影中透出疏落相应的一串光点，那该是苏堤的灯影了。远处的湖光、湖滨的街市，都被苏堤的一带树影所遮断。

第一次在这一边领略西湖的神秘之夜，不免有点陌生感。忽而想起，如果这是在故乡的九山湖畔，我就会熟悉地向两边走去。向左，那里有我少年朋友的家；向右，就可以跨进我青年同学的院门。

九山湖是温州的西湖，它像狭长的镜子静卧在温州城的西边。一条长堤把湖水与西郊的田园隔开。长堤南起温州西南角的"三角门外"，北抵温州西北角的"西角湾"。我在三角门外的温州七中读了三年初中。这个学校建在九山湖畔的松台山麓，学生大多来自西郊农村。一首温州最著名的民歌唱出这一带的名胜，这首歌叫作《叮叮当》：

> 叮叮当，啰来，
>
> 叮叮当，啰来，
>
> 三角门外啰来，啰啰来，孤老堂，

松台山上仙人井，啰来，

妙果寺里猪头钟哪，噢——咋！

这首歌，在小学的音乐课里学过，在民歌手的赛歌会上听过。二十世纪七十年代末我在上海读研究生时，还好几次从收音机中听到这首歌高亢质朴的旋律，不过，那不是民歌演唱，而是一支现代管弦乐曲。不知是哪位作曲家把"叮叮当"的腔调伸展为一段管弦变奏，但不管作曲家如何变化多端，我还是一下子就找出主旋律中那几个最初的音符。这些由温州土话传送了世世代代的音符，曾与我相伴过多少个日日月月啊！

如今我已多年未回故乡了，不知九山湖长堤上的柳树长成什么样了？湖东的学校里还住着我们的老师吗？湖西的蔬菜地、体育场都安然无恙，还是被圈去盖洋楼了？端午节怎么样，还要在那里搞热闹的龙船比赛吧？

"九山水龙会"，那是多么令人向往的胜事。每当端午佳节，大家都不约而同地相邀：到九山湖看龙船去！人们从城里或近郊各地涌到城西这个狭长的湖边，把数里长堤挤得水泄不通。那一天真是旌旗盖天，鼓声震地。来自郊区各地的农民组成龙舟队，"金龙""银龙""乌龙""火龙"，等等，各显神威，在"水龙会"上一决雌雄。那些龙船修长、轻巧，船舷贴近水面，当大家一齐划桨时，白色的水花便遮掩了船身，只依稀露出船头船尾，像一条条在水波中飞腾的神龙。四周的人群一边观赏神龙斗技，一边则大喊大叫，发泄一下浑身的力气。

　　从少时读书一直到踏入社会工作，几十年间，我时常穿过九山湖上的那座小桥，大家都管这座桥叫"豆腐桥"。很久以后才知道它其实叫"窦妇桥"。但当时很少人认识"窦"字，因而也就几乎无人追究"窦妇"是何许人，我也始终未了解"窦妇"的故事。而少时则以为也许因为那座木桥有点摇晃不实，所以就叫作"豆腐桥"。

　　以后读书读到元代关汉卿的杂剧《窦娥冤》，心想可能温州也有一个"窦妇"的悲剧。不过窦娥唱的是北曲，温州古代如果有一本"窦妇"的戏，那应该唱南曲，因为温州一向被看作是"南戏"的故乡。大约从南宋初年起，九山湖畔就成为繁华的街市。从北方汴梁一带退下的达官贵人、路歧艺人云集温州，虽然前方正在与金兵交战，但大后方的人们照样在尽情地享受。据戏剧史家称，北方的杂戏与温州一带的演艺结合起来，就酝酿成中国戏剧史上最早的成熟戏剧形式，这就是"南戏"。

　　想不到在异国他乡还真有机会看到我想象中的演出。今年的一个盛夏之夜，应邀到东京上野观看"新宿梁山泊"剧团演出《人鱼传说》。那里并没有现成的剧院，只是在不忍池的岸边临时搭建了一个大帐篷，让观众进去席地而坐。这些日本艺人巧妙地借用不忍池的自然风光，使整个戏剧空间处于一种"真真假假"的奇境之中。

　　我在不忍池边观看那个动人的人鱼传说的表演时，又常常想起我们的九山湖。当年的南戏演出一定也是这样趣味无穷的，否则就不会形成戏剧史上著名的南戏时代。九山湖的气派比不忍池大得多，可以容得下许多戏班同时赛演，就像后来的龙舟竞赛一般，自然可以招徕许多本地人以及外来游人。

虽然那已是几个世纪以前的事了，但如今想象起来犹如就在眼前。当我回国途经深圳时，我与当年住在九山湖边的少年朋友曾谈及此事。我们不免深深感叹。想当初我们曾一起读书，一起参加故乡的艺术盛会，但人生的事业常常在天南海北，免不了离乡背井，远走他方。如今，早年的欢乐与愁苦已如云烟般逝去，只在我们的心中留下了一缕缕不尽的乡思。

一九九〇年十月八日夜于杭州

小屋的回忆

——寄友人

你出国留学三年了，第一次返回上海，因此找你的各色人等一批接一批，忙得你不亦乐乎，于是我们几位老同窗想安排个时间聚谈一下都很难。这都是无可奈何之事。我的另几位出国的朋友，回家探亲的情况也大略如此。

所不同的是，这段时间又正好在上演你们的戏《中国梦》，热闹的戏剧界更把你弄得晕头转向。这期间，你却有一个不大不小的疏误，就是你忘了尽早通知我们去看你的戏。这也就失去了让我们尽早给你提意见的机会。为什么这样说呢？因为戏剧界的同行向来喜欢互相吹捧（你我也很难说一点都没有沾上此种习性），有时固然是得意忘形，但更多的是为了激励观众的情绪与评价，不得不尔。另外，逢场作戏也是戏剧界拿手之术，有些场合大家不能不凑凑热闹，说些言不由衷的知趣话（这似乎是谁都无法完全避免的）。但是也有不少例外，这一般是在同学、朋友或知心人的小范围内，这时就可以提出许多非常尖锐的意见。虽然，艺术创造者有时听了会很不舒服，有时感到很委屈，有时竟会起而辩护、反驳甚或互相嘲骂、挖苦，但朋友终究是朋友，所有的攻击除了带点自负、好胜和宣泄聪明欲的意思以外，一律不带恶意。因而吵闹过后，大家还都从对方的意见中获得一点改善自己的好处。或者在第二次相见时表示"可以参考你的意见"；或者竟始终坚持自己的"常有理"，而暗中则悄悄修整了自己的"艺术品"，同时在心中嘀咕："这小子真会找漏洞，活像个泥水匠……"

想起我们常常争论的日子吗？在那一间拥挤杂乱的小屋里。那是在读研究生的时候。你一有点什么构思，就迫不及待地拉着我们谈话。当时我们正忙着写毕业论文，都不敢听你多谈，但还是都听了。而且，我们四个人好像都有自己的一手。老丁是个老"剧人"，谈戏剧是轻车熟路，他一板一眼的分析一结束，我与老汪也就没有什么补充意见了。但谁知老汪竟在偷偷地写小说呢，他的那个关于公鸡的比喻令我现在想起都还为之倾倒。可他太眷恋于他的翻译事业，好像那些小说都没有写到结尾。我则从小就自以为很有点作诗的禀赋，像旧体诗、新体诗之类，好像都不难拿起来玩玩。写了几首很凝聚自我感情的小诗，也不免要背给人听听，为的是看看对方是不是有点"感情共鸣"什么的。于是，我们常常互相交换"作品"，于是，就上演了上面所说的那种或互相苛评、或暗中惊佩之类的小插曲。当然，大家往往更喜欢自己的成果——我想是这样的。

但是，我们毕竟所研习的专业方向不同。我们三个是专门治历史与理论的，而你却要兼搞创作。这样，在这个四人小屋的王国中，我们三人就成了职业评论家，而你却还要成为半个剧作家，这是一种戏剧性的分工。此后，我们常常要围着你的作品来一试自己的评论力量。不记得是赞扬的多还是"找漏洞"的多，我想一定是找漏洞的多，至少在我是如此。有意思的是，我们三个评论家的年龄都比你这个剧作家大。虽然年龄差只有六七岁，但这却是关键性的六七年，因为这使得我们三个人成了"文革"前的一代，而你却成了"文革"中的一代。我们三人一合，古今中外，"知识结构"相当优化，不知你这个小剧作家在我们的评论面前感觉如何？是感到幸运，抑或是感到有点精神压力？当然，你的心中是不服的，你在想："等我再过了几年，长到你们现在这个年岁，比你们就强多了……"但在当时，你好像有点胆怯，否则不会显得那么谦恭。

毕业后，老汪与老丁搬出去了，寝室中只留下你与我。你我都在没日没夜地苦斗着：你在准备考"托福"，同时在吃力地创作话剧《挂在墙上的老B》；我则在经营着一本著作。好几年了，我们的两盏灯，总是亮到半夜两三点钟。在夜深人静之时，你的那架陈旧过时的录音机中的英语朗读声会显得较为响亮（大概因机器的破旧无法控制音量），你就会有意无意地问："老叶，我的声音太大了吧？"我则一如既往地回答："还可以。"我们在各自的天地中生活，虽在一壁之内，却互不影响。但强烈的碰撞也常常"举行"，都是为了你们的《老B》。从你的最初构思，到一段一段地写作、修改，你总是"就地取材"地与我谈论，你可能是为了不失时机地捕捉一些想法，通过随时交谈，求得明晰化并加固印象；也可能是看看我这第一个听众有什么"反馈"。不知你当时希望得到怎样的反应？更多的赞同，还是更多的批评？但愿你不是为了前者。因为我每次听了你的说戏或看了你的草稿，虽然每每为你的变化无穷的思路感到惊诧，但照例总是尽可能把你批得体无完肤。接着就不免要进行一场脸红耳赤的互相驳难，有时则不免要抬高嗓子吵闹一场。这种争论不知是怎么平息的？可能是因为我们都太累了，而且你我有一个共同的优点，就是一躺下就睡着，大概是在睡梦中结束了我们的战争。怎么样？你觉得好玩不？你的《老B》是在别人的挑剔中降生的。

多么令人留恋的那些争吵之夜啊！现在这一切都已不复存在了。当你踏上返国的途程之前，我也搬出了校园中的那一间斗室，那留下了我们青春的尾巴的、可爱的小屋。

你不觉得那些争论是很有意思的吗？奔波数年，人事倥偬，我想你可能是忘了，你是不是以为你的《中国梦》已不需要别人说三道四了？我却不这样认为。是的，我从这个戏中感受到属于你的真正的激情，看到了你的长足的进步，这很使我感到兴奋、感到光彩，使我由衷地为你高兴。但是，我还是认为，这个戏依然大有可说之处。这就是我看了这个戏的演出后得出的一点想法。

于是你急于要了解我对《中国梦》究竟有什么想法，但我却要打住了。因为我此刻正沉湎于当年的小屋之中，久久地，不能离开。

我只有小屋之梦。"中国梦"，那应该是将来的事了。

一九八七年七月八日

《愚园私语》后记

本书所收八十余篇短文，系笔者在新时期撰写的文艺评论及文化随笔。这些文章大多写于二十世纪八十年代，少量写于九十年代以后。

八十年代，我家在上海愚园路，故而作文写字常自题"上海愚园"。

一个世纪前上海的确有一个名园叫作"愚园"，建于清光绪中期而废于民国初年。前人曾作诗云："张园西去到愚园，游客曾经载酒尊。楼阁参差犹昔日，如何裙屐少临门。"（颐安主人《上海市景词》）可惜我已无缘亲见当年"楼阁参差"的园林景致，而只是天天行走在这一条叫作"愚园"的马路上。两排干粗叶茂的法国梧桐把这一条不宽不狭的老街拥掩在自己的怀中，使这里成了上海少有的真正的林荫道。沿街密布的弄堂深处，隐藏着一座一座别有风味的旧洋楼，在那些洋楼中曾有过许多神秘如谜的故事。我住在愚园路中段的一所欧式花园洋房中，这所洋房从五十年代起即已成为我们学院的宿舍。那时我整日躲在假三层的小窗下读书写稿，累了，就到马路的浓密树荫下漫步。有时，不经意间便会拐进了某条宁静的小巷，就像是误入了人家的庭院，于是一笑而返。

　　那段时间，我除了教学，还担任一个戏剧刊物的副主编，故而与社会上的文艺活动联系紧密，不时为那些艺坛文事发表一点个人意见，其中对戏剧界面临的各种问题发言尤多。当时的那些想法，现在都留在了这个集子中。检阅眼前的这些文字，回想一页页逝去的岁月，我不免为那个时期变幻莫测而又丰富多彩的文化现象所感叹，也颇惊诧于自己当年的求索状态和参与热情。

　　但这些片言只语，毕竟只是一时之感，一管之窥。白居易《琵琶行》有云："大弦嘈嘈如急雨，小弦切切如私语。"在这里没有惊人视听的"大弦急雨"，而只有声音细碎的"小弦私语"。如此而已，所谓"卑之无甚高论"也。

二〇〇二年八月二十六日作者校后记

《金楼子》及其他

　　梁山伯与祝英台的故事是我国所谓"四大民间故事"之一，家喻户晓，传诵不绝。但在这个故事流传历史中却有许多未解之谜，即使要说清它的来龙去脉，也颇不容易。

　　近人陈寅恪认为"梁祝事始见于萧七符书"。这是他于1957年观看赣剧《牡丹亭》《梁祝》演出后所赋七律的自注中语。此诗见陈氏《寒柳堂集》附"寅恪先生诗存补遗"。诗中"金楼玉茗"系指萧绎和汤显祖。汤显祖斋名"玉茗堂"，萧绎曾自号"金楼"。"玉茗"作《牡丹亭》，世所共悉，"金楼"记"梁祝事"，则鲜有人知，故陈氏特意加注予以说明。

　　南朝梁元帝萧绎，小字七符，其生平事迹详见《南史》本纪。所谓"萧七符书"，今有两种，一为《梁元帝集》，另一为《金楼子》。《梁元帝集》无关乎梁祝文字，而《金楼子》则据传与梁祝故事有关。如明末徐树丕《识小录》卷三"梁山伯"条称："梁祝事异矣，《金楼子》及《会稽异闻》皆载之。"所云《会稽异闻》不知何时何人所著。《金楼子》虽早有传本，但据《四库全书》提要考识，该书"明初渐已湮晦，明季遂竟散亡"。

今所见《金楼子》有一卷本与六卷本两个系统。前者见《说郛》，仅收录三十余条材料。后者见《四库全书》，共六卷十四篇，系由《永乐大典》辑录而成，故而人称"永乐大典本"。《知不足斋丛书》《百子全书》《龙溪精舍丛书》所收六卷本同此。

另有明代归有光所辑《诸子汇函》本《金楼子》，我以前未曾遇目。今索上海图书馆编《中国丛书综录》，乃知此书上图无藏而复旦大学、华东师大、上海师大三校图书馆有藏。但到华东师大一查，并无此书，而在上图长乐路古籍部则查有三部，可能《综录》记录有误。上海图书馆近日正在搬迁之中，不便借阅，遂请上海师大、复旦大学的友人在两校中帮助查检。原来《诸子汇函》本《金楼子》实只两条，与梁祝事无涉。

上述诸辑本《金楼子》均无载录梁祝事迹。徐树丕所见的材料已成佚文，无法考见。陈寅恪先生当系由《识小录》或其他文献中得悉萧绎著作与梁祝故事的关联。有意思的是，他于晚年所作的诗注中只虚指"萧七符书"，而不明指究竟是萧七符的何书，颇可玩味。

除《金楼子》外，据传较早记载梁祝事的尚有唐人著作《十道四蕃志》和《宣室志》。

南宋张津等人所撰《乾道四明图经》卷二"义妇冢"条称："《十道四蕃志》云：'义妇祝英台与梁山伯同冢'，即其事也。"《十道四蕃志》为唐武则天时人梁载言所撰，此书今不存。清人王谟辑《重订汉唐地理书钞》录有《十道志》二卷，王仁俊辑《经籍佚文》录有《十道志》一卷。这些辑本中均未见梁祝事。但张津的记载应当是可信的，因为在他之前，宋徽宗大观年间知明州事的李茂诚撰《义忠王庙记》详传梁山伯事迹，文中即明言曾收集《十道四蕃志》的纪事。这篇《庙记》全文收录于清代多种《鄞县志》中，不难看到。宋人对于梁祝事并不陌生，其常见词牌有"祝英台近"一名即足以说明。又如南宋末著名日记《祈请使行程记》中亦载："林镇属河间府有梁山伯祝英台墓。"此日记见录于元人刘一清所著《钱塘遗事》卷九。

《宣室志》系唐宪宗时张读撰。但此书今存各本均无记载梁祝事。有关文字却见之于清人翟灏的《通俗编》，其卷三十"梁山伯访友"条云：

> 《宣室志》：英台，上虞祝氏女，伪为男装游学，与会稽梁山伯者同肄业。山伯字处仁。祝先归，二年，山伯访之，方知其为女子，怅然如有所失。告其父母求聘，而祝已字马氏子矣。山伯后为鄞令，病死，葬鄞城西。祝适马氏，舟过墓所，风涛不能进。问知有山伯墓，祝登号恸，地忽自裂陷，祝氏遂并埋焉。晋丞相谢安奏表其墓曰"义妇冢"。

翟灏所录《宣室志》中此条，不知所据者何。其表述文字却与明代田艺蘅《留青日札》卷二十一"祝英台"条略同，值得比较研究。

一九九六年八月十九日

谁解惊梦词

汤显祖的戏曲杰作《牡丹亭》，自问世三百多年来，一直深深地感动着广大读者与观众。其中《惊梦》《寻梦》等折子戏至今依然在舞台上大放异彩，像《步步娇》"袅晴丝吹来闲庭院"、《皂罗袍》"原来姹紫嫣红开遍"诸曲更是世代传唱。《红楼梦》第二十三回《牡丹亭艳曲警芳心》中有一段动人的描写：林黛玉在梨香院外听到凄婉的笛声伴送着《惊梦》的曲子，始而"不觉点头自叹"，继而"不觉心动神摇"，终而"越发如醉如痴，站立不住……仔细忖度，不觉心痛神驰，眼中落泪"。

《牡丹亭》如此感人至深，足以说明作者非凡的艺术创作才能。人言"汤义仍《牡丹亭梦》一出，家传户诵，几令《西厢》减价"（明沈德符《顾曲杂言》），绝非过誉。如《惊梦》一出，把剧本主人公的眼中景、心中情及心灵深层的梦幻世界巧妙地融合在一起，浓墨抒写，其曲词文采斐然，曲意含蓄隽永，非常细腻地透露出闺阁少女微妙的心理活动，表现了杜丽娘热爱自然、热爱青春，追求自由、追求美好的纯真情感，并反映了她的忧伤、怨苦与惆怅。这些曲子，正传出了封建社会被束缚被压抑的女子的心声，因而使多少林黛玉式的女子为之情动泣下乃至殉情而后已。

《惊梦》《寻梦》等出戏的曲词有如此惊人的艺术力量，自然博得了历代戏剧家和文艺史家的推崇。但是，也有人对《步步娇》等曲提出了批评，清初著名戏剧家李渔的话最有代表性：

> 汤若士《还魂》一剧，世以配飨元人，宜也。问其精华所在，则以《惊梦》《寻梦》二折对。予谓：二折虽佳，犹是今曲，非元曲也。《惊梦》首句云："袅晴丝吹来闲庭院，摇漾春如线。"以游丝一缕，逗起情丝。发端一语，即费如许深心，可谓惨淡经营矣。然听歌《牡丹亭》者，百人之中有一二人解出此意否……其余"停半晌，整花钿，没揣菱花，偷人半面"及"良辰美景奈何天，赏心乐事谁家院"，"遍青山啼红了杜鹃"等语，字字俱费经营，字字皆欠明爽。此等妙语，止可作文字观，不得作传奇观。
>
> ——《闲情偶记·词曲部·词采第二》

李渔从舞台演出的效果出发，认为演戏为"雅人俗子同闻而共见"，因而曲词"不妨直说，何须曲而又曲"，并且断言："凡读传奇，而有令人费解，或初阅不见其佳，深思而后得其意之所在者，便非绝妙好词。"

戏曲作品是要演出的，而演出是面对广大观众的，因而首先要让各类观众都能听懂、理解。又因为戏剧的艺术欣赏过程一般是一次性完成的，若曲词过于文雅、曲折或隐晦，自然会影响观赏效果。为此，李渔提出"不妨直说"的写作主张是合理的。从这个角度出发，李渔对《牡丹亭》中某些名曲提批评意见也是有理由的。

但是我们绝不能因此而否定了《牡丹亭》实际存在的强烈的演出效果，因为戏曲除了唱以外，还要演；对于观众来说，除了听以外，还要看。从某种意义上说，"视觉形象"有时可以引起更直观更广泛的联想。《惊梦》等出的文词固然偏于典雅，但是剧中对戏剧动作的处置却十分周到，可以帮助观众理解。如《山桃红》"则为你如花美眷，似水流年"一曲十来句，其戏剧动作提示则有"旦作含羞不行""生作牵衣介""旦低问介""生低答""旦作羞""生前抱""旦推介"等多处。纵若不听曲词，光凭观看这些舞台动作，杜丽娘这个美妙梦幻的始末也便大略可知。因而，有人认为《惊梦》的妙处全在于"介"。即使像《步步娇》等"惨淡经营"的曲子，也是富于动作性的。如说"停半晌整花钿，没揣菱花，偷人半面，迤逗的彩云偏"，把角色敏感而又羞涩的心理外化为精妙的戏剧动作，使观众理解角色的内心世界。而"良辰美景奈何天，赏心乐事谁家院"两句，又非常清晰地揭示了角色内心深处的复杂情绪（即内部动作），观众可以通过演员的外部表情捕捉住角色的内心活动。所以说，戏剧语言，不仅绝对需要通俗化，而且也绝对需要动作性。

如果从人物刻画的需要来看，《惊梦》中的这些曲词更是无可厚非的。杜丽娘是一个封建官僚家庭的深闺小姐，自幼"《四书》成诵"，现在又正在传习《诗经》，其语言不免偏于文雅蕴藉。况且，青春少女的心理变化事实上就有微妙难言的情况，作为久囿于太守门墙之内的官家小姐，其内心活动就更加宛曲而"欠明爽"。像这样的人物，在这样的情境之中，作者运用"曲而又曲"的文笔来表现，倒是十分得体的。难怪须眉老汉如李笠翁者不甚领悟，而贵族小姐如林黛玉则"心有灵犀一点通"。林黛玉在听唱到"良辰美景"两句时，曾叹息道："原来戏上也有好文章，可惜世人只知看戏，未必能领略其中的趣味。"可见各人在欣赏艺术品时，其"出发点"或"共鸣点"各不相同，这也是人之常情，真是无可奈何之事。

《牡丹亭》写杜丽娘之曲常常深蕴而婉折，但写柳梦梅、春香等人却常常"直说"不妨。而《劝农》一出写田夫、牧童、桑妇、茶姑的歌唱就带着浓重的野趣和民歌风了。不同的人物有不同的语言，这正是《牡丹亭》曲词的不同凡响之处。即使写同一个杜丽娘，在不同的场合，也并非声口如一。不仅《闺塾》与《幽媾》中的曲词风味判然若二，即便是《惊梦》《寻梦》紧邻两出，由于"时过境迁"，人物的思想感情有了发展变化，其曲词格调也就有所区别。李渔就高度评赞了《寻梦》中如"明放着白日青天，猛教人抓不到梦魂前"这样的曲子，认为"此等曲则纯乎元人，置之《百种》前后，几不能辨"，原因是"其意深词浅，全无一毫书本气"。李渔的鉴赏力毕竟是高超的，因为这一类如"元人本色"之曲，不仅情趣盎然，而且浅显易懂。就一般创作原则而言，这一类曲词比前引的艰深之曲确实更适合当众演唱的要求。但《牡丹亭》因特定场合的需要而写了《步步娇》那样文雅婉丽的曲子，这也是其精华之处。若不加分析地一概否定这类曲子的演唱价值，则不免有"削足适履"之嫌。

但李渔提出的"意深词浅，全无一毫书本气"却是戏曲创作应该注重的原则，而且这个主张是有明确的针对性的。明代前期由于道学风与时文风的影响，许多文人编剧满口经史之谈，深奥难解。其中以邵璨《香囊记》为代表，形成了一种"以时文为南曲"的时弊。大约于嘉靖年间，由于徐渭、李开先、何良俊诸人力主"本色"，创作风气开始变化。至万历时，以沈璟为代表的"吴江派"戏曲家，标举"本色当行"，使戏曲创作与舞台演唱渐趋适应。沈璟的多数作品语言浅显本色，一洗"书本气"，这是一大优点，但有时不免"意浅"。汤显祖则着力于"曲意"，他的《牡丹亭》等优秀作品意深、情至，虽有时不免"词深"，但也少有"书本气"。李渔提出的这条编剧原则，正是对沈、汤等人创作经验的总结。他批评《牡丹亭》有"词深"的现象，这是有根据的，但指责《牡丹亭》有"书本气"，却不大符合实际，因为《牡丹亭》全剧的批判矛头正直指"道学风"与"书本气"，其曲词固然有浅有深，却都富于"意趣神色"，饶有"风人之致"，而并无"掉书袋"的毛病。因而明末著名文艺批评家陈继儒在《批点牡丹亭题词》中曾说："独汤临川最称当行本色。"

对于戏曲语言的雅或俗的认识，徐渭曾提出"文既不可，俗又不可，自有一种妙处"的主张（见《南词叙录》），这是很有见地的。他的弟子、万历间的戏曲理论家王骥德继承了这种观点，进而提出戏曲创作的理想境界是在"浅深、浓淡、雅俗之间"。他又认为"雅俗浅深之辨，介在微茫，又在善用才者酌之而已"（见《曲律》）。所谓"善用才"，即不能不用才，又不能一味用才。他的这种主张，既反对了"文辞家"卖弄才学的陋习，也纠正了那种一味追求浅显而忽视文采的偏见。基于这种认识，王骥德认为汤显祖的戏曲创作才是真正的"本色"。他在《曲律》中写道："于本色一家，亦唯是奉常（汤显祖）一人——其才情在浅深、浓淡、雅俗之间，为独得三昧。余则修绮而非堆则陈，尚质而非腐则俚矣。"

　　王骥德的这一段话，值得我们仔细体味。这段话，对于如何恰当地评价《牡丹亭》的语言特色，对于今天的戏曲创作实践，都是很有启发意义的。

一九八二年六月

《长生殿》：永恒的遗恨

清康熙二十七年（1688），洪昇的《长生殿》问世。"一时梨园子弟，传相搬演"（尤侗《长生殿序》）。由于多年盛演不衰，在社会上影响很大。其时有所谓"家家'收拾起'，户户'不提防'"的俗谚，正说明像《长生殿》中"不提防"之类曲子已成了家传户诵的流行歌曲。

洪昇在世时，《长生殿》全本五十出常有演出。另有其好友吴人更定的二十八出的本子，也得到洪昇的认可。乾隆之后，《长生殿》与其他传奇剧目一样，多以折子戏的形式演出。

康熙四十三年（1704）阳春三月，洪昇应江南提督张云翼之聘，来到松江（今上海），观看《长生殿》的盛大演出，参加这次演出的昆曲优伶有数十人之多。紧接着，江宁织造曹寅又把洪昇请到金陵（今南京），共赏《长生殿》的精致演唱，此番搬演，费时三昼夜。这是洪昇晚年看到的最好的两次全本演出。当年六月一日，洪昇在返乡途中不幸溺水身亡。此后的历史资料，再没有关于《长生殿》全本演出的确实记载。

时至二十一世纪的今天，上海昆剧团在社会有识之士的大力支持下，倾力打造全本《长生殿》，把这一部案头场上两擅其美的优秀传奇的全貌，重新搬上舞台。这可以说是三百年来头一回。

　　洪昇的原本《长生殿》，内容非常丰富复杂。前二十五出写杨贵妃由爱到死，后二十五出写唐明皇由出逃到归来。前半部完整地铺叙了人们所熟知的李杨悲欢分合的故事，是曲折变幻的情节戏。后半部舒缓地抒写了唐明皇以及社会各界对前一段如风而逝的历史的追思，是刻骨铭心的心理戏。前半正是洪昇所说的"乐极哀来"，而后半则是他所感叹的"情缘总归虚幻"。我总觉得前半部戏好看，而后半部戏耐看。因为后半部一段长久连绵的苦恋、追念，给全剧抹上了一层深深的伤感与悔恨的情调，这正应了唐人白居易《长恨歌》的结句："天长地久有时尽，此恨绵绵无绝期。"

　　但多年来的演出往往只着眼于李杨之间的缱绻怨望，而忽视了那些抒情象征的心理戏的独特情味。只有把全剧呈现于观众面前，世人才有可能重新发现《长生殿》的别样精彩。

　　洪昇友人曾称《长生殿》是一部"闹热《牡丹亭》"。但不知何故，洪昇与当时的一批文人却因演此剧而被革去功名，遂有"可怜一夜长生殿，断送功名到白头"之叹。于是有人认为这是一个怀念前朝、寄托亡国之痛的历史剧。有人则以为这首先是一个爱情剧，因为戏中有"定情""密誓"云云。但是细细想来，《长生殿》中的那些男女缠绵情节及历史纷争场面，其吸引力是有限的。如果只是作为爱情剧来看，《长生殿》的动人处并不如《西厢记》，也不如《梁山伯与祝英台》；如果只是从历史剧的角度审视，则它的真实感又不如《清忠谱》，更不如《桃花扇》。可《长生殿》在戏曲史上的地位不容置疑，历史已证明它是第一流的名剧，可见它自有与众不同的好处在。

《长生殿》的独特之处，恰恰不在于单演爱情或独述历史，而在于它的多义性，它的主题的复杂性，它所着意渲染的充满浪漫想象而又伤心无奈的人生感叹，以及整体上给人的一种苍凉感、失落感，一种痛彻肌肤的遗恨。正是在这些地方，《长生殿》展现它的深涵的魅力。我还有一点私见，我始终认为，五十出长长的《长生殿》似乎在切切私语般地告诉人们，人生世事，总不过是一段不可追悔的遗憾的历史，只有失去的，才是值得怀念的、永恒的。

二〇〇七年五月二十四日

且说《红楼》第一梦

曹雪芹真是写梦的能手。《红楼梦》的前八十回，就有各色梦境计二十处之多。统观其书，最动人的梦是在第五回："贾宝玉神游太虚境，警幻仙曲演红楼梦。"春节期间试播的电视连续剧《红楼梦》却删去了此梦，不能不令人感到十分遗憾。

可以看得出来，这一部电视连续剧的特点是"多"而"全"，试图包容《红楼梦》的所有主要情节。这是以往各种《红楼》剧本所无法比拟的。可惜电视剧编导芟夷了小说第五回，使这个"全本"《红楼梦》一开始就显得不"全"了。

长篇小说《红楼梦》的总纲究竟何在？历来说法不一。有人主张第四回"护官符"乃全书总纲，有人则认为总纲正在演"太虚幻境"的第五回。此两说均有其理，因为小说正是叙写了政治社会和"女儿之境"这样两个世界。如果说第四回是前一个世界的总纲，第五回则可以说是后一个世界的总纲。但从全书的结构布局及艺术风格来看，出现在大观园中的人物故事才是最有特色的"红楼社会"，因而，把第五回看作全书总纲所在也就较易于为人接受。而且，这一回的"红楼梦仙曲十二支"不仅是"金陵十二钗"的悲歌，也是整个现实社会的悲歌。

全曲结局云："好一似食尽鸟投林，落了片白茫茫大地真干净！"这个"大地"就不仅是"大观园"，也不只是"四大家族"，而是整个世界了。故而可以说，电视剧丢弃了这个兼有总纲式的序曲，不管其用意如何，总是得不偿失的。

也许有人认为，"太虚幻境"飘忽迷茫，电视观众何以理解？其中十二钗判词，朦胧如谜，红楼天乐，玄虚曲折，又何以可看可听？其实，这里既然是一个梦境，自然要恍惚虚幻一些，若过于清断明白，反不像梦幻。整部《红楼梦》本身就具有某种"虚虚实实"的艺术色彩，以此曲折地表现"真真假假"的社会生活。"神游太虚境"透露出的悲剧感和幻灭感，也同样存在于整部小说之中。而且，这个梦境是一个很美的艺术情境。电视剧正可以充分发挥视听艺术的特长，找到许多美好的镜头画面和音乐效果，让观众得到悦目赏心的艺术享受。

在小说原著中，第五回的梦境与此后的情节发展时有呼应，而电视连续剧由于削去此一回，有些情节内容也就无法照应。如电视剧写到贾宝玉、王熙凤看望病中的秦可卿，宝玉眼前闪现许多幻影：有关"世事""人情"的对联，可卿的卧室，等等，这些原都是小说第五回中的情景，现在在电视镜头中出现，由于前面缺少交代，就显得突兀生硬。又如，秦可卿的性格及地位并未演叙于前，而可卿之死的场面却大事铺排于后，也显然不够自然。

　　文学名著的改编应当尽可能完美。为此，我觉得电视连续剧《红楼梦》需要补一笔，让观众"神游太虚境"，感受一下那个妙不可言的奇梦。

　　　　　　　　　　　　　　　　　一九八七年二月十九日

读《西湖七月半》

西湖赏景，月半赏月，这是此文题中应有之义。谁料张岱意不在景，亦不在月，而在湖中之舟，月下之人。

"西湖七月半，一无可看，止可看看七月半之人。"从来写景文章，无虑成百上千，但有如此开笔的吗？作者真是个幽默大师，出语虽极朴极实，不露声色，但因初看似乎大不合情理，故而先就令人忍俊不禁。作者若非意有独致，手有神鬼之笔，何来如此排空兀立之句？

看来作者对年年依旧的西湖荷塘，团圆月色，很有厌倦之感。只有芸芸众生，色色不同，变幻莫测，而令他有煞是好看之叹。那么，"七月半之人"究竟有什么可看的呢？作者谓，可看者有五类。作者的眼光就在这五类人中"看之"。其一是达官显贵，其二是名娃闺秀，其三是名妓闲僧，其四是市井浪人，其五是雅洁之士。作者在看他们的时候，都是先看船只，再看人物声容，然后看他们究竟怎样看月。

达官贵人。因为他们在楼船箫鼓、峨冠盛筵之中，可以看见灯火优傒簇拥，可以听见声光相乱，但坐在楼船中是不能见月的，故而说"名为看月而实不见月"。

　　名娃闺秀。以船作楼台闺阁，视之有童娈相随，听之有笑啼杂之，她们环坐在露台上，沐浴着月光，但只忙于左右顾盼，意在游人而不在明月，故而说"身在月下而不看月"。

　　名妓闲僧。意在表现自己，引人注意，既在月下现其形，又借丝竹歌唱扬其声，他们看月的目的也在引人来看他们看月的样子，故而说"亦在月下，亦看月，而欲人看其看月"。

　　市井浪人。他们"不舟不车"，借醉而呼朋喊友，乱哼曲而不成腔调，他们什么都乱看，但又不知在看些什么，故而说"月亦看，看月者（名妓之类）亦看，不看月者（闺秀之类）亦看，而实无一看"。

　　雅洁之士。在小船轻晃中，聚友品茗，在一片"素""静"的气氛中，悄无声息地看月，故而说"看月而人不见其看月之态，亦不作意看月"。

　　这五类人中，达官贵人、名娃闺秀虽名为看月，其实根本没有看月。前者忙于官际应酬，后者忙于寻找刺激，其心自然俗不可耐。名妓闲僧、市井浪人，虽看月而意不在看月，前者弄姿作态意在引人注目，后者颠三倒四不知意在何处，也都是一些不懂看月雅意的俗子。只有雅洁之士，既不与富贵者同流，亦不与混浊者合污，为了摆脱凡俗的喧乱，他们"或匿影树下，或逃嚣里湖"，只与知心的"好友佳人"为伍，与天上圆月为友，全身心投入自然的怀抱。他们不仅看月、爱月，而且整个精神世界都融进了茫茫月色之中。

　　这就是众人看月，作者看众人的奇特景象。但作者只是在看人吗？非也。他是在冷眼看世界，用他超凡脱俗的眼光摄下了世上众生之相。其中寄托了作者的热嘲冷讽，也寄托了他的怜爱。细细体味，都是针针见血文字，饱含了作者的感慨浩叹。

　　是为文章的上半，亦是文章的主体部分。

　　下半文字，具体描写了以上几类人在七月半的西湖中的种种举动。上文已经说过，所谓看月之人，多数并不在爱月或不真心看月，故而下文补述，他们本来是"避月如仇"，今夕之所以倾城而出，只为"好名"而已。人有好名之心，便无审美雅致，纵有满眼湖光、一天好月，也不能澡洗尘世的俗怀。故而只有喧闹："如沸如撼，如魇如呓，如聋如哑"；只有乱杂："篙击篙、舟触舟、肩摩肩、面看面"。热闹一过，也就人走烟消了。至此，我们恍然如有所悟，作者说"西湖七月半，一无可看"，原来就是对"好名"的时流的摇头。

　　因而，像作者这样的人就只有匿逃于喧嚣之外，只有当俗人们散尽之后，西湖才成了他们的天地。文章末段详细补叙了这种情景。吵闹的人群散尽，整个世界犹如洗去了一层尘埃，此时，"月如镜新磨，山复整妆，湖复颒面"，像作者这样的"隐士"就出来了。谁可以为友呢？那些"匿影树下"的雅士本是同路之人，自然可结为韵友，那些名妓亦可请来唱曲助兴。这样就可以安静而又愉快地度过七月半这一夜。

　　心满意得之后，便可惬意地酣睡于舟中，自有十里荷香伴随着无忧无虑的清梦，任小舟随风漂流，不知所之。这就是作者为之神往的物我两忘的境界。

张岱是在国破家亡后的晚年，回忆前朝的世俗民情时写下这篇文章的，故有恍然若梦的感觉。本文结尾写出当年的无忧无虑，正是道出了自己对旧梦的怀念。因而，在"清梦"之中，还是流露出了一缕苍凉的意绪，一层淡淡的愁思。

一九八九年九月二十二日

说"戏曲"

"戏曲"此一名词的含义，有一个演变的过程。我在《中国传统戏剧的艺术特征》一文中，是这样解释"戏曲"的：

综观历代著作，"戏曲"一名其实有两种意义。其一是文学概念，指的是戏中之曲，这是一种文学样式，又称"剧曲"，后人亦用来专指中国传统戏剧剧本。其二是艺术概念，指的是中国的传统戏剧，这是一种包含文学、音乐、舞蹈、美术、杂技等各种因素而以歌舞为主要表现手段的总体性的演出艺术。这两种意义有内在的联系，这种联系在概念的发展变化历史中形成。（见拙著《曲学与戏剧学》）

目前，我们知道"戏曲"一名最早见于宋元间人刘埙（1240—1319）的《水云村稿》卷四《词人吴用章传》。文中出现"永嘉戏曲"四字。胡忌、洛地两先生在浙江省的《艺术研究》第十一辑著文发布"一条极珍贵资料发现"后，学界对刘埙笔下的"戏曲"和"永嘉戏曲"两个概念又展开争论。我是这样理解的："此处所谓'戏曲'，系指演戏之曲，犹后来所谓'剧曲'也。所谓'永嘉戏曲'，即指永嘉戏文之曲，犹后人所称的'南戏'。"（见拙著《戏曲考》，收入《曲学与戏剧学》）以后各代的文献中见到"戏曲"一词，如要知道它的准确命义，必须仔细琢磨前后文义，防止以今例古，望文生义。

多年来，我因科研和教学的原因，时常要思考如何为"戏曲"定义，并曾作专文《戏曲辩》《戏曲考》等，多次说明我对此词的考辨心得。至今，我的理解基本依旧，并无新的发现。这里简单说三点，以与诸君商略。

第一，古人笔下的"戏曲"。古人多以"戏曲"与"散曲"相对（如凌濛初所编的《南音三籁》），用来指戏剧本子中的曲子，有似于"剧曲"。由于"曲"是作家创作的文学作品，所以"戏曲"是指曲本的创作，而不是指台上的演出，如果宽泛一点，亦可以"戏曲"借指有曲子的戏剧本子，犹如今人所说的"戏曲剧本"。

但必须指出，元明清诸代，很少有人着意笼统地使用"戏曲"这个词。古时候谈到"曲本"或"剧本"，大多分而称之，如称作"戏文""官本杂剧""院本""传奇"等等。还有别称，如单称"曲"的，有臧懋循的《元曲选》；称"乐府"或"今乐府"的，如陶宗仪《辍耕录》中有"作今乐府法"；称"剧戏"的，如王骥德《曲律》中有《论剧戏》专章，"剧戏"是"北剧南戏"的合称；称"词曲"的，如李渔《闲情偶寄》中有"词曲部"。

到了近现代，称戏曲剧本的名词更多更杂。如有统称为"小说"的（见梁启超《论小说与群治的关系》），有称为"音乐文学"的（见朱谦之《中国音乐文学史》），有称为"戏本"的（见箸夫《论开智普及之法首先以改良戏本为先》，等等。我曾经写过《戏曲考》一文详为论列，文发《戏剧艺术》1991年第四期，并收在《曲学与戏剧学》书中，这里就不多重述了。

第二，王国维《宋元戏曲史》中的"戏曲"。我认为，只有到了王国维方开始大量使用"戏曲"这个词而使它流行开来。他笔下的"戏曲"概念，主要还是沿习古人的一般用法，即指剧本中的"曲子"。所以《宋元戏曲史》评论时所举例子全部是"曲子"。但王国维也常常在较宽的意义上使用这个词，即用来泛指整个曲本，亦即类似于今人所说的"戏曲剧本"。所以王国维把"戏曲"作为文学的种类。至于舞台演出活动，王国维则称之为"戏剧"。所以《宋元戏曲史》第一章叫作"上古至五代之戏剧"，而到了确证有曲本的宋元开始，才称为"戏曲"。《宋元戏曲史》中有一句很重要的话："真戏剧必与戏曲相表里。"在这里，"戏曲"与"戏剧"当然是两个不同的概念，但它们又是密切相关的，所以称为"相表里"。因为王国维认为"真戏剧"的标准是必须有剧本，而"真戏曲"必须是代言体的，可以上演。这就是"相表里"的意思。

我在一九八三年曾经写了一篇读《宋元戏曲史》的札记，题目就叫《戏曲辩》，发表在《光明日报》一九八三年八月三十日。这篇短文着重就是把我上面的意思说了一遍。没想到，这篇短文一发表，即引起一番热烈的讨论。吴新雷教授曾在《戏曲形成论》一文中介绍当时的争论，这篇文章以后收入了他的《中国戏曲史论》论文集。

我在《戏曲辩》一文中原来还有一段话，发表时被编辑删去了。我愿借此机会把这段话的意思再提出来，请大家讨论。我觉得王国维在讲曲本时，之所以大量使用"戏曲"这个词以指戏曲剧本，可能还受到日语的影响。由于王国维作戏曲研究时，人在日本，与日本学者交流比较多。日语中用汉字构成的"戏曲"一词，意思就是"剧本"。这当然是对中国古代语言的沿用。王国维又把它用过来，有点"出口转内销"的味道。

把剧本称为"戏曲"，这在中国二十世纪二三十年代十分通用。如那个时代出版的《日本戏曲集》《田汉戏曲集》《梅脱灵戏曲集》《皮兰德娄戏曲集》，此处所谓的"戏曲集"，就是指"剧本集"。有意思的是，这些书里的剧本，都是话剧剧本，而不是戏曲剧本。

第三，今天应该对"戏剧""戏曲"这些词予以明确界定。实际上，"戏剧"在今天已经成为大概念，下分戏曲、话剧、音乐剧等等门类。当然，现在这些都是"综合艺术"的概念，包括剧本与演出，而不是单单指剧本。这样，我们的学科就应是"戏剧学"，与"音乐学""舞蹈学""美术学"等相并列，而不必出现"戏剧戏曲学"这样生硬的名词。我在 20 世纪 80 年代就曾提出"戏剧学"的观念。我的专著称《中国戏剧学史稿》，论文集称《曲学与戏剧学》，就是从"大概念"着眼的。这里提请大家注意，周贻白先生生前的著作就称为《中国戏剧史长编》《中国戏剧史讲座》等。只有他去世后，他的公子周华斌先生为他编的才叫《中国戏曲发展史纲要》。此处称作"戏曲史"，有可能是周老贻白先生对社会上已流行的"戏曲"一词的让步。

或者竟是华斌先生定的书名？这一种让步，最明显地就体现在我们大家都在从事的学科，叫作"戏剧戏曲学"。

再来补说一下"话剧"。"话剧"这个词向来不流行，三四十年代话剧团叫"剧社"，五十年代叫"艺术剧院"，如北京艺术剧院、上海艺术剧院、辽宁艺术剧院等，只有后起的才叫话剧团。中央戏剧学院与上海戏剧学院，原来就是话剧学院。可见当时习惯上把话剧称为"戏剧"。自从"话剧"这个概念慢慢通用后，"戏剧"就成了大概念。现在的"戏剧学院"，不仅有话剧专业，还有戏曲专业，甚至还有了电影、电视剧的专业。可见现在的"戏剧"已演变为一个总概念，这实际上已经成为一种事实，已为社会所接受。回想起来，当时我们的学院幸好叫"戏剧学院"，而不叫"话剧学院"，否则的话，今天就不可能发展成如此的规模了。我在一九九一年曾写过一篇短文《"戏曲"与"话剧"》，专门谈这个问题。文章发表在当年十二月二十日的《人民日报》（海外版），后收入我的短文集《愚园私语》中。这篇文章以一个问句作结："不知这些概念，以后还会作何变化？"表示我的疑虑。

二〇〇四年十二月四日

"汤学"刍议

　　在纪念汤显祖逝世三百七十周年的今天，我在想，我们是不是可以建立一门"汤显祖学"呢？这个问题，一九八二年在江西举行的纪念汤翁逝世三百六十六周年活动中，与会者曾经议论过；近几年来，汤显祖研究者又常常谈起。对于这个问题，我个人有这样一些想法。

　　第一，"汤显祖学"的建立势在必行。汤显祖是属于世界级的戏剧大作家。在中国史上，他可与关汉卿媲美；在世界史上，他可与莎士比亚比肩。一九五八年，为纪念世界文化名人关汉卿，戏剧界与理论界曾掀起一场"关汉卿热"，涌现了一大批研究文章，有人认为，当时正在酝酿着一门"关汉卿学"。今天，我们在纪念祖国的另一名伟大戏剧家汤显祖时，自然会考虑到建立一门"汤显祖学"。再从东西比较文化的角度来看。自从西方出现了伟大的戏剧家、诗人莎士比亚之后，逐渐形成了一门研究莎士比亚的学问，简称"莎学"。人们戏称，研究"莎学"的论著之多可以绕地球一周。几乎与莎士比亚同时，在世界的东方也出现了一位伟大的戏剧家、诗人汤显祖。首先是日本的学者青木正儿，把汤显祖与莎士比亚相提并论。当我们从世界文化的宏观视角上看问题时，我们自然会这样考虑：光有一门"莎学"是不够的，还必须有一门"汤学"。

汤显祖与关汉卿，都是有代表性的人物，关氏是元杂剧的光辉代表，汤氏则是明传奇的光辉代表。他们的戏剧创作都具有划时代的意义。但是从他们的作品看，其差异是显然的。关氏的作品更为明朗激烈，而汤氏的作品较为宏通曲折。如果说，关氏是一位更纯粹的"戏剧艺术家"的话，汤氏则更多一点"文人"的气味。汤显祖与莎士比亚相比，他们都是戏剧家、诗人，他们的作品都具有强烈的人道主义精神。但是，它们的差异也是显然的。莎氏的作品更具有舞台的流动感，其艺术光彩明亮照人；而汤氏的作品更具有哲理的凝重感，其艺术色彩幽深朦胧。如果说，莎氏是一位典型的激情奔放的"戏剧诗人"的话，汤氏则又多一点"哲人"的忧患感与超越感。由此可见，关氏、莎氏、汤氏，他们是属于一个层次上的伟人，但又是不可互相替代的各有特色的人物。这就足以说明，我们不仅需要研究关汉卿、莎士比亚的"关学"和"莎学"，还需要研究汤显祖的"汤学"。

第二，事实上，已经形成了一门历史上的"汤学"。或者说，已经有了一部汤显祖研究的历史。这一部历史，是以汤显祖的四部不朽剧作——"临川四梦"的研究尤其是以《牡丹亭》的研究为重点的。这种研究包括理论批评、考据索隐、评点删改等多方面。三四百年来，这种研究从未间断，其中较为活跃的有这么三个阶段。第一阶段是在"四梦"的问世之初至明朝末年，这个阶段的重点是对剧本的评论，可以称之为"剧本论"，以王思任、沈际飞及茅暎、茅元仪兄弟为代表。第二阶段在明末至清中期，主要是对"四梦"的表演和演唱的研究，可以称之为"演艺论"。其中编著演出本以冯梦龙的《风流梦》《邯郸记》为代表，涉及表演的以《审音鉴古录》为代表，研究唱曲的以乾隆年间刊行的叶堂的《纳书楹四梦全谱》为殿后。第三阶段是在二十世纪五十年代至六十年代初，重点在研究《牡丹亭》等剧本的主题思想及其社会意义，可以称之为"社会论"。这种研究在当时出版的多种《中国文学史》及理论家的论著中得到反映，像侯外庐的《论汤显祖剧作四种》等都是很有代表性的著作。

这三个阶段，可以说是"汤显祖研究"史上的三个重要时期。这正是"汤学"的形成历史。这一部"汤学史"中有许多重要的著作和某些很有分量的篇章，使我们读来很受启发。但这一部"汤学史"显然是不完备的。虽然论著不少，但大多围绕在对"四梦"本身的研究，特别是集中在对《牡丹亭》的研究上。对汤显祖作为作家的个人经历及他生活的当时社会历史研究得很不足，对汤显祖的其他作品，如诗赋、理论文章则很少研究。而且，研究的角度也比较单一。可以说，这三个阶段过去以后，汤显祖研究面临着停滞不前的危机。

但是，转机终于到来。那是在一九八二年，以江西的纪念会为转折点，汤显祖的研究又掀起了一个新的热潮。当时的研究，其内容面大为拓宽，研究角度也比较多，其中对汤显祖创作道路和创作思想的研究，对汤显祖生活时代的研究，对"二梦"（即《南柯梦记》和《邯郸梦记》）的研究，对"汤、沈之争"的研究等，都有了新的突破。而且，在研究资料的挖掘整理方面，也有了新的成果。自一九八二年至今，对汤显祖研究的新热潮可谓方兴未艾，一门真正的"汤学"事实上已经在我们的眼前展开。

第三，"汤学"的研究大有作为。如上所述，汤显祖的成就是多方面的。他不仅有"四梦"这样的戏曲名著，这使他成为中国戏曲史上的伟人，而且，在他的诗文全集中，我们还可以读到他的许多理论批评著作，其中有关于哲学的、宗教的、政治的、教育的、文学艺术的等多方面，几乎遍及哲学社会科学的各个领域。从他的著作中可以看出，他不仅是天才的戏剧家、诗人，而且是杰出的思想家、批评家。因而，对汤显祖的研究，也必然要求进行多学科的开拓。仔细检阅以往的研究，就不难发现，这里还存在不少空白点或薄弱环节。比如从哲学思想方面来看，汤显祖究竟是个传统式的人物，抑或是个反传统式的人物？他究竟继承了什么思想或背叛了什么思想？他的思想与宗教究竟有什么关系？他的思想与王阳明、李贽、达观等人究竟有什么联系、又有什么不同之处？又如从社会政治思想来看，他究竟在哪些方面，在何种程度上具有反封建的意义？他在遂昌等地做官取得一些为人们所称道的政绩，究竟具有怎样的进步意义？他的社会思想在他的戏曲创作中得到怎样的表现？这种表现，对于"四梦"的主题究竟起了什么影响呢……在这些方面，都有待于认真探究，而实际上有些问题的研究连最初的工作都还未进行。至少，我们应该对汤显祖的一些主要文章进行注释，使之得到普及。如《赵子暝暄录序》《阴符经解》《论辅臣科臣疏》等重要文章，都很不容易真正读懂。其他有关教育的、经济的等多方面，都未见人专门研究过。

以上讲的是研究的空白或薄弱之处。其实，即使以往研究得较多的方面，也还有许多问题值得再研究。比如对"四梦"的主题思想的认识，有人强调了人文主义思想的一面，有人着重支持这是个社会问题剧，也有人着重指出剧本反映了作者的哲学思想观念。我曾在一篇文章中认为，汤氏的剧作中蕴含着作者对人生的感受与思考。特别是后三梦，构成一个整体，深刻地反映了十六世纪后期人的心灵、人的精神变化，因而也就成了中国封建时代人间痛苦的三部曲。这种痛苦，既表现为为寻求理想世界而苦斗，也表现为因梦醒无路可走而困惑。正是在这种对痛苦历程的描述中，作者表示了对当时现实的不满、失望与否定。我觉得，对四梦的主题的开掘，以往的研究并没有结束。而仅仅是一个开端。

又如，对汤显祖笔下的戏剧人物的认识，以往的思路往往有简单化的偏向。如《牡丹亭》中的杜宝，不少文章把他看成是封建势力的代表，是造成杜丽娘死亡的一个反面人物。我认为杜宝是一个矛盾的人物。他在正式活动中，是一个较开明的官吏，在《劝农》这一出中，我总觉得杜宝的身上有作者自己的影子，因为它总是使我想起了汤显祖在遂昌县的一些事迹。但杜宝在家庭生活中是一个刻板的家长，他并不理解女儿的情感需要与生活追求。不过，我并没有感到他们父女之间有什么惊人的矛盾斗争。如果说，杜宝夫妻与女儿之间存在着差异的话，也只不过是许多家庭中都司空见惯的两代人之间的"代沟"。我觉得杜丽娘之死，并不是某一个人的过错或某一股势力的罪过，这里有更深刻的心理原因和更普遍的社会原因。作为杜宝的独生女儿的杜丽娘，她的死，不仅是她个人的不幸，同时也是杜宝的家庭悲剧，这不同样是杜宝的不幸吗？《牡丹亭》所表现的这种普遍的悲剧情绪，正是这部剧作的巨大的艺术力量之所在。

再如，人们常常把汤显祖称为"言情派"，那么，他多次强调的"情"究竟指什么呢？我觉得这个"情"是一个流动的、复杂的概念。它着重强调了人格精神及主体意识。它既宣扬了人情存在的绝对合理，也宣告了人格、人性的不可侵犯，同时表示了戏曲创作超越时空界限的巨大力量和极大自由。从创作角度来看，这也就是强调了对自我意志的表现，即要求表现人的追求、奋搏与归宿，表现作家的情思、人格与精神。汤显祖的戏曲就是因"情"而创作的，因而也就充满了哲理性、主观战斗性和个性。

上述例子还仅仅是把汤显祖放在案头进行考察。如果把汤翁的作品放在舞台上进行研究，那又将出现许多有趣的课题。

如果把《牡丹亭》等戏剧放在文学发展史的流程中进行考察，那么就纵向而言，汤学将接通"西厢记学"和"红楼梦学"，等等，就横向而言，汤学又将涉及中国的小说学和史学，等等。如果从许多新学科的观点对汤翁进行多角度的审视，必将开拓出不少新的研究领域，如从比较戏剧学的角度来看，汤学的研究空间是很大的。

总之，对汤显祖的研究，还有许多空白点需要我们去填补，有许多领域需要开拓，有许多问题值得重新思考，这就足以说明，汤学的研究确实大有作为。

第四，汤学研究的现实意义。汤显祖是个具有"异端"思想精神的人物，他的作品对封建社会作了深刻的揭露，因而研究汤显祖及其作品，自然具有反封建的战斗意义，这一点是不可忽视的。但是，仅仅认识到这一点还是不够的，因为若光从反封建的意义来看，我们研究李贽、徐渭可能更有力量。汤显祖与他同时代人相比，既不同于沈璟、王骥德，也不同于徐渭、李贽。它的特点是丰富性与复杂性。我觉得他是传统与反传统的边缘人物；儒、道、释及各种思想都曾影响了他，也都曾为他所非议；他无情地揭露了封建社会的黑暗，却并无与之斗争到底的力量；他常常热情地构想着理想的合理社会，却又常常沉浸在无路可走的困惑之中。心灵深处的深深的矛盾，无边无际的悲悯与忧患，执着的追求与失望，在哲理玄思中寻求灵魂的超脱……这才是一个独特的汤显祖，一个挣扎在封建社会的苦海之中努力寻找光明的知识分子的活生生的典型。我们研究这样一个作家，对于我们更深刻地了解封建社会的特定历史、那个历史时期的特定的社会心理，以及在那个苦难社会中的人们的思想历程，是很有独特意义的。而且，不必讳言，像汤显祖这样的心灵矛盾和意志冲突，在我们这个时代依然存在，我们在研究这个历史人物时，还是可以感受到我们这个时代的色彩的。

当然，在汤学研究中，我们还可以有许多方面的收益：如学习汤显祖的创作精神，用以促进我们的戏曲创作和戏剧革新；如整理汤显祖的戏剧理论精神，用以启发我们建立中国的戏剧理论体系。这里还必须特别指出的是，汤显祖是一位有世界声誉的中国戏剧家，我们建立一门汤学，有利于世界人民更准确地了解这位戏剧作家，也有利于让我们的优秀戏剧文化走向世界。

总而言之，建立一门"汤显祖学"势在必行，而且时机已经成熟。所需要的，则是我们大家的扎扎实实的努力。

一九八六年十一月二十四日

古典昆曲的青春之歌

"临川四梦"，现在成了中国文化人心中的梦。《牡丹亭》更是萦绕于心，挥之不去。为了舞台重现这一场美梦，多少人心血凝之，生命与之。四百年前，当汤显祖的《牡丹亭》在舞台上初展风貌，即已可与《西厢记》相媲美。此后历代艺人把其中的某些折落精雕细刻，成了昆曲舞台上最精美的折子戏。近年来，大家又在做"全本"之梦，要展现《牡丹亭》的全貌。于是，有两本的、三本的、六本的各种尝试，使全世界许多人为中国古代女子的那一场情梦而惊叹。此次苏州昆剧团在台北首演青春版《牡丹亭》，把这一场梦打造得如此美好，真堪令人称奇。我看过多种展演，总觉得这一次是最好看的演出，最接近于我心中的《牡丹亭》。

这是一支青春之歌，一支充溢着青春活力的生命之歌。这是一首诗，一首优雅而又忧伤的、感人至深的抒情诗。

中国传统戏曲的好处是能从内部与外部同时吸引人。从外部吸引观众，那是演出的技艺性；从内部吸引观众，那是演出的抒情性。前者的目的在"乐人"，后者的目的在"动人"。古人曾说："论传奇，乐人易，动人难。"此次青春版《牡丹亭》，在技艺性方面，自有上佳的表演，而在抒情性方面，表现得尤为不同凡响。

演《牡丹亭》是否成功，首先就要看能否表现好人间至情。汤显祖"为情所使"，终日逗留在"碧箫红牙"的演艺队伍间，自称为"言情"派。但是一个"情"字，其义无穷。汤显祖在写《牡丹亭》时就曾叹息："白日消磨肠断句，世间只有情难诉。"杜丽娘自然是个"有情人"。但她在牡丹亭上走过了"三生路"，其情何其曲折繁复。此次青春版演出，以上、中、下三本，将《牡丹亭》中摇漾无定、漫衍无边的情析为三段，分别称为"梦中情""人鬼情""人间情"。这真是一语中的，让人顿时恍悟，从迷茫中找出了途径。此次演出抓住了这样一条线索，表现对爱的向往、对爱的追寻、对爱的实践，二十多折戏，一气贯穿，演来错落有致而又有条不紊。

昆曲是古老的声腔剧种。《牡丹亭》是悠远年代的情歌。陈酒佳酿，尤可动人心魂。相传汤显祖在写到杜母"忆女"，春香睹物思人，唱一句"赏春香还是你旧罗裙"时，不胜伤怀，竟独自"卧庭中薪上，掩袂痛哭"。可见"旧物"所凝聚的感情，因时间而醇厚，其感人之力，似有神助。此次青春版的昆曲演出，对艺术传统着力开掘学习，礼敬有加，故而能充分发扬历代积聚的艺术力量。此外，又调动现代艺术家的精心创新，使古老的艺术勃发了青春生命。杜丽娘在伤心欲绝时曾诉问人世："怎能够月落重生灯再红？"可见她对生命与情爱是十分恋念的。她经由"冥判"而终于得以"还魂"。这一段"还魂"的经历昭示了人世间许多物物事事。如今，我们的昆曲，我们的《牡丹亭》，又得以"梦圆"，就像月落而重生，灯灭而再红。

二〇〇四年十一月二十六日

走出海派

　　20世纪80年代的上海，有些文人及文化官员呼吁重振"海派"，因为全国各地已有"西北风""楚文化"等土风骤起，上海似乎也只有从"海派"中才能找到本区域文化的特色。但又有人以为重提海派并非良策，可能因为"海派"一词来路有些含糊，或者由于海派尤其是其中的"恶性海派"长期间名声不佳。于是有人主张标举"南派"一帜，以为如此既可避开"海"的褒贬，又兼有包容江南各派文化的意味。

　　今日重提海派，也许是站在弱势的地位上重新编织三十年代的旧梦。

　　三十年代的上海文化，称得上是中国二十世纪文化的骄傲。后来数十年，我们在文化建设方面未能站在世界文化发展的前列。半个世纪后重提海派，其实是试图以此与世界二十世纪文化潮流重新"接轨"。

　　但三十年代"十里洋场"滋养的文化品类，其优势与缺陷都是不言而喻的。

　　鲁迅于30年代曾数次作杂文论及海派与京派。他对海派颇有微词，但似乎对京派更不以为然。这可能与政治背景有关，否则他就不会多次说自己在北京待不住，于是去厦门、去广州一路南下，最后选定于上海。另一位浙江籍文人徐志摩则恰恰相反，他总觉得在上海百不如意，终而不惜离别娇妻而独自寄居北平。若论作家个人气质，鲁迅近乎"北方老头"，而徐志摩近乎"洋场才子"。鲁迅嘲讽的徐志摩诗，则很有些海派趣味。如此看来，"京"与"海"的问题还相当复杂，也许是京中有海、海中有京。有时似乎双峰对峙，有时却也不难互相靠拢，搞得好是京海的优化组合，搞不好则是各种缺点的杂凑。鲁迅即曾指出，南方的油嘴滑舌倘和北方固有的"贫嘴"一结婚，产生出来的一定是一种不祥的劣种。

十里洋场早已成为历史陈迹。我们固然不可丢失三十年代海派的某些可贵遗产，却也不必着意张扬此一历史名词。时至九十年代，当我们告别二十世纪走向二十一世纪时，我们也就走出了海派的局限。在新世纪中，我们将以前所未有的宏大气概重建上海文化格局。

此后的上海，将以大智代替小慧，以雄豪代替鄙琐，将以前所未有的独创精神创造出融和东西方优势而又深具中华气派的新文化。新世纪的上海文化，将令世人真正体味到世界潮流和东方神韵。

一九九四年四月十七日

电视与戏曲

二十世纪八十年代中期，我国进入改革开放的时代。国门一打开，西方的各种文化、娱乐、休闲方式就如潮水般奔涌而来。中华传统文化，包括戏曲在内，受到外来文化的凶猛冲击。这时，中华民族文化遇到了危机。"戏曲的危机"也由此而起。

其实，我们面临的冲击又可分为两类，一类叫作非文明的冲击，另一类叫作文明的冲击。非文明的冲击总是暂时的，不会久远地从根本上起作用。如一些赌博方式，低级趣味的刺激，等等，这些现象不可能从根本上左右人们的艺术化生活。但是，文明的冲击是不可阻挡的。如电视就是如此，它不可阻挡地进入了广大民众的文化生活。不过，历史已多次证明，凡是真正先进的文明，总会有一种文明的选择，它总要为保护人类创造的美好事物做贡献，因而它对优秀文化的传播与发展总是有利的。

电视作为一种大众传播媒介，曾经夺走了许多剧场的戏曲观众，加速了戏曲的危机，但同时，它又在更大的覆盖面上培养了许多新的戏曲观众。由于电视技术飞速发展，让人们克服了时间与空间的障碍。电视可以在"第一时间""零距离"地传播四面八方的各种文化，包括中国戏曲。它可以让我们身在上海，却能几乎同时地看到各地的戏曲演出，不仅能看到苏州昆曲的演出、北京京剧的演出，而且能看到西藏藏戏的演出、贵州地戏的演出。也可以让外国观众在家中就可以了解中国戏曲的艺术样式。这就是最初的观众培养。

由于电视有可能让世界的每个角落同时看到各种异国文化的风采，这就有可能促使那些原来仅仅拘守于一隅的民族的、地方的、区域的文化参与世界文化的交流，使各种民族文化在走向世界的过程中更清晰地看到自己的特色、自己的优势与劣势，并在相互交流与学习中获得自我特色的强化与优化。中国不少古老的优秀的地方戏曲，在今天正是由于有了电视，才重新焕发了青春，走进了全国的千家万户，并走向世界各国。

大家知道，艺术文化可以分为物质文化和非物质文化，或者叫作有形文化和无形文化两类。有形文化如造型艺术作品、工艺品、服装道具、乐器等，这些有形的物品可以很容易地完整地保留下来；无形文化如雕刻的技艺、工艺生产中的技术、音乐中的演唱演奏技巧、戏曲中的表演艺术等等，这些无形的东西都只能体现在具体的人身上。有此人就有此文化，如果此人亡故，此文化就可能消失。无形文化的生命如此脆弱，因此，抢救、保护民族的无形文化财富比保护有形文化更为急迫。全民族全社会都要关注把无形文化财富传递下来，代代相承，不要让它失传。还要充分利用录音摄像技术把这些无形文化"有形化"，使它固定地储存起来，以便后人的欣赏、学习与传播。在这一方面，广播与电视起着特别重要的作用。这正说明了现代文明对于保护、发展以及弘扬民族艺术文化的重大意义。

　　记得在二十世纪九十年代中期，中央电视台曾提出发展电视戏曲，计划抓好五项工作：一是短剧大奖赛；二是中国戏曲专题系列；三是组织全国戏曲电视大奖赛；四是录制传统保留剧目；五是扶植戏曲电视剧，优价购买，优惠播出。此后，重视戏曲节目逐渐成为电视工作者的自觉行为，使传统戏曲在电视播送中获得新生，又使电视增加了取之不竭的节目内容。如今，上海东方台有了专门的戏剧频道，中央电视台有了第十一频道，各地电视台也有了各种平台，以富于创意的栏目和丰富多彩的节目，为保护与传播戏曲文化作出贡献。比如最近上海东方台的《非常有戏》，以全新的创意和非常生动活泼的方式吸引了更多的观众，对于动员整个社会关注戏曲、热爱戏曲，取得了前所未有的显著成效。

　　当然，我们还是非常清醒的。有许多问题还需要深入思考。就以"无形文化"这一问题为例。利用录音摄像等各种新的技术手段使无形文化"有形化"，使非物质文化"物质化"，可以保存许多戏曲节目，可以保存相当丰富的艺术信息，但是这种"保存"还是非常有限的，因为大量"无形文化"只能存在于艺术创作的活的流动过程中，用"有形化"的手段使它凝固，其现场的、当众发挥的那种立体、鲜活的艺术创作灵魂就消失了。所以，有一个非常现实的、全新的课题摆在我们面前，我们都要去思考与解答，这个问题就是：如何召唤观众走进剧场，

在人与人的活的交流中，在欣赏艺术家的当众演出中真正体验
到戏曲艺术的魅力。

二〇〇七年五月

论 识

戏剧学

戏剧学是一门把戏剧作为研究对象的新兴学科,它的独立和体系化是从二十世纪初开始的。

戏剧是一种群体性的艺术活动,是既具有时间艺术特性又具有空间艺术特性的综合性艺术,剧场活动的本身则又具有社会性。因面,作为戏剧学研究对象的戏剧是一种极为复杂的文化现象。

对戏剧的研究,可以在不同的空间层面进行,一是案头文学,二是舞台演出,三是剧场活动,四是社会现象,戏剧学研究的发展史正是研究领域不断拓宽的历史。这种对戏剧空间认识的不断拓宽,又是对戏剧历史时间的不断追溯,因为戏剧在发生与发展过程中,最先表现为社会性,其次是剧场性,再次是舞台性,最后才是文学性。最能体现戏剧本质特征的正是戏剧发生之初所表现出的那种社会性,然后几经变迁,戏剧性终而淹没在文学性之中了。因此,十九世纪末至二十世纪初方会出现反文学的戏剧运动,提出"戏剧之再戏剧化""复活剧场主义"等口号。由此可知,戏剧研究空间不断拓宽的过程,同时又是对戏剧本质特征认识的不断深入的过程。

由于戏剧研究的视野不断变化，因而历史地形成以剧本艺术为基本出发点的"戏剧学"（Dramaturgie）和以剧场艺术为基本出发点的"戏剧学"（Theaterwissenschaft）。越来越多的戏剧学家选择了后者。

现代戏剧学的研究对象，与其说是剧诗、剧本、舞台艺术等，不如说是更宽阔的包括观众在内的剧场艺术或剧场经营，因而，戏剧学与诗学、曲学、艺术学的研究对象有所不同。传统诗学可以研究戏剧的文学因素，而戏剧学研究的除了戏剧的文学性之外，还必须研究戏剧的非文学性一面，如演员、导演艺术等。中国传统曲学研究的是中国传统戏剧的文学性和音乐性两方面，而戏剧学研究的除此之外，还有其他非文学性、非音乐性的内容，如形体表现、舞台美术等。艺术学可以研究戏剧的艺术性一面，而戏剧学研究的除戏剧的艺术因素外，还要研究戏剧的许多非艺术因素，如剧团体制、剧场管理等。因此，戏剧学是一门不能由诗学、曲学或艺术学等相邻学科所代替的独立学科。

由于戏剧学研究对象——戏剧的复杂性及其与其他艺术分野的模糊性等，故而经过半个多世纪的努力，迄今尚未能确立具有普遍意义的、有说服力的学术体系。时至今日，许多国家都在持续研究和试图创立体系。比较起来，德国对戏剧学的提倡和发展曾起过主导性的作用。

德国于二十世纪初叶开始，就曾在大学内开设戏剧研究的独立讲座和学科。一九二三年，柏林大学首先成立了戏剧学研究所。在剧院里，还专门设有戏剧学家一职，成为戏剧艺术实践的顾问。在德国，建立戏剧学的工作是从两方面进行的。其一是，持抽象的超经验的观念态度作学术体系化的尝试，可以称之为"自上而下的戏剧学"。这个系统的研究者是属于哲学的、观念的、历史的等类型的学者。其二是，凭具体的经验的自然态度来进行探索，可以称之为"自下而上的戏剧学"。这个系统的研究者则是由演员、导演或其他实践家造就的学者。

首先阐述戏剧学的学科性概念规定的，是罗伯特·普罗尔斯（Robert Pröeless）的《关于戏剧学的问答》（1899）一文。真正奠定戏剧学基础的则是迈克斯·赫尔曼（Max Hermann），他发表了用文献学的方法进行戏剧史研究的《剧场艺术论》（1902），并指导刊行了戏剧史研究丛书四十卷。他开始使用"剧场学"意义上的"戏剧学"一语。他认为戏剧史不是戏剧文学史，而必须是上演的戏剧本身的历史，因而主张把作为舞台艺术的戏剧史，毫不含糊地从戏剧文学中独立出来。几乎同时，雨果·廷格（Hugo Dinger）发表了用美学的理论方法论述戏剧学的体系学基础的《作为科学的戏剧学》（1904）。他主张戏剧学应该同文学学（或称"文艺学"）截然区别开来，应该把它看作是一门独立的、观念的规范学。在与一般美学的关系上，要把戏剧学提高到自律学体系的程度。

以上赫尔曼属于历史学派，廷格属于美学派，这些都是"自上而下"的戏剧学。另有戏剧艺术实践家参与的"自下而上"
的研究派别。

卡尔·哈盖曼（Carl Hagemann）在《舞台导演论》（1916）、
《近代舞台艺术》（1921）等著作中，综合了曼海姆剧院等几
所大剧院的导演或剧院经理的经验，对作为综合艺术的戏剧进
行导演意义上的理论把握。尤利乌斯·巴布（Julius Bab）著有
《舞台评论》（1908）、《戏剧社会学》（1931）等著作。其《戏
剧社会学》援用民俗学、民族学以及文化人类学的成果，把戏
剧作为一种社会现象而从整体上加以把握。他认为："戏剧的
本质机能，可以在作为未开化民族共鸣巫术的原始戏剧中看到。
这是一种想要凭借恍惚状态来克服生活不安的社会性的原始体
验。也是在无意识的自我变化形态之中被发现的。"基于这种
认识，巴布提倡作者、演员和观众固有的"三位一体"说。巴
布晚年所著《献给演员的花冠》（1954）对三十名著名演员作
了分析描述，借以说明戏剧的本质是演员艺术。演员出身的学
者亚尔图·古撒（Artur Kutscher）在《戏剧学纲要》（1932—
1936）中从戏剧发生史考察研究戏剧诸因素，论断戏剧最本质
的要素是形体的表现，他说："舞蹈是戏剧的原细胞，它是戏
剧最单纯、最古老的形式。舞蹈者是表演艺人和演员之父。正
是有了情态（Mimik）表现的特点，才得以使戏剧作品同其他文
学样式区分开来，就是说戏剧这一概念所包含的首要因素是空
间和运动，即它必须具有的情态表现性。"他在五十年代所作
的《德意志文艺样式论》（1951—1952）中，坚持把上演作为

戏剧的前提，主张剧本不是文学的一个种类而是戏剧艺术的一个要素，其作用犹如音乐中的乐谱。

除德国之外，欧美尚有一批文化史的论述触及了对戏剧本质的理解。如美国有被称为剑桥大学学派的学者。其代表人物简·哈里森（Jane Harrison）著有《古代艺术和祭式》（1913）一书，通过研究古代希腊剧来论证戏剧的发生渊源是祭祀仪式。属于这一学派的尚有美国的弗朗西斯·法格森（Francis Ferguson）等人的戏剧论。从二十世纪六十年代开始，在美国剧院中还出现了"戏剧学家"，充当剧院中的文学指导或艺术顾问。他们的职责是为导演、演员等演出人员及观众提供各种艺术见解，沟通了理论和实践这两头。在美国，不少大学都开设了戏剧学专业。

苏联则采取社会主义现实主义的方法研究戏剧。戏剧学的概念在苏联是从二十年代开始使用的。当时的戏剧研究特点是把社会学的研究与美学的研究割裂开来，而主要是用庸俗社会学的简单化、公式化态度对待戏剧，二十年代末至三十年代初，戏剧学开始摆脱庸俗社会学的束缚。三十年代在苏联建立了一批高等戏剧院校，成立了戏剧学教研组织，推动了戏剧学理论的系统研究和进一步学科化。

二十年代的戏剧研究，主要集中在莫斯科国家艺术科学研究院的戏剧部和列宁格勒国家艺术史研究所的戏剧处。前者为自己提出的工作任务包括：确定戏剧学概念，制定演剧的研究方法，制定剧本的舞台分析方法，从历史学和心理学的角度研究演员艺术的创作，研究导演艺术的方法和手段，研究绘画、音乐等相近艺术在戏剧中的作用，研究观众的作用以及历史、文献的研究等多方面。后者的代表人物是格沃兹杰夫（A. A.Gvozgev），他在研究外国戏剧史的同时，热情参加对当代戏剧的迫切问题的讨论，他特别关注梅耶荷德在创作上的探索。卢那察尔斯基的著作《戏剧与革命》等，对苏维埃剧院的情况进行马克思主义的分析，高度评价了苏联戏剧革命的创新性质。他的理论对于社会主义现实主义原则的形成，具有重要意义。一九二四年还出版了艾弗洛斯（N.E. Efros）的《莫斯科艺术剧院》，作者揭示了莫斯科剧院创作方法的独到之处，展现了在创造完整的舞台作品时导演艺术和美术家的作用。马尔科夫（P.A.Markov）于同年出版的《最新的戏剧流派》，扼要分析了斯坦尼斯拉夫斯基、梅耶荷德和泰洛夫的导演艺术的特点。十年后，他又发表了《关于梅耶荷德的一封信》（1934），把梅耶荷德作为一位导演和诗人，揭示他的最本质的艺术精神。

　　一九二六年斯坦尼斯拉夫斯基所著《我的艺术生活》俄文版出版。本书把实践家，理论家和戏剧史家的注意力都集中在舞台艺术的基本任务——传达人类的精神生活方面。书中写道："我的'体系'分为两个主要部分：1.演员内部和外部的自我修养；2.演员内部的和外部的创造角色的工作。"斯坦尼斯拉夫斯基逝世后出版的《演员的自我修养》（1938），是唯一的一部由作者自己完成的叙述斯坦尼斯拉夫斯基体系基本原理的著作。这部书奠定了舞台现实主义科学理论的基础，奠定了演员体验生活的艺术基础。作者把演员在舞台上的动作——内部动作和外部动作看作是戏剧艺术、演员艺术的基础，把关于表达剧本和演出的思想意向的"最高任务"和"贯穿动作"的学说，称之为自己体系的决定性环节，并提出有意识地掌握创作天性和灵感的原则。斯坦尼斯拉夫斯基的著作促进了演员创作理论的发展和导演艺术的进一步完善，并引起了戏剧教育学的变革。

在日本，自二十年代开始翻译介绍西欧的戏剧论。之后，有关戏剧学的研究迅速得到发展。新关良三首先开始研究这门学问，著有《戏剧的本质》等书，并提倡比较戏剧的研究，发表了《戏剧文学的比较研究》等论著。外山卯三郎主编过《戏剧学研究》，在戏剧理论上独树一帜。饭冢友一郎的《戏剧学序说》（1948）和河竹登志夫的《比较戏剧学》（1967）也很有影响。值得特别指出的，是《戏剧学序说》作者在书中写的一篇总结性的论文，题为《戏剧学的构想体系》。该文旨在为世界各国的戏剧学史的传统精神与当代社会戏剧的新发展之间架设理论桥梁，并提出戏剧研究的一系列新课题，试图建立宏观的戏剧学体系。河竹登志夫曾在一九七八年著述的《戏剧概论》中援引这个体系框架，同时指出：这一构想体系"尽管只不过是戏剧学各研究领域的罗列"，但我们可以"使之成为推动戏剧研究展开的一个依据"。《戏剧概论》中还提出了戏剧学面临着的新问题："这样，现代戏剧学一面孕育着复杂多样的课题及方法，一面正在披荆斩棘地开辟着自身的前进道路。"戏剧文学同活的戏剧的关系、关于美学基础的争论、围绕布莱希特评论的叙事剧形式同亚里士多德等人戏剧观念的对立及扬弃、感情净化论的新解释、力学方法的可能性和界限等，这些都作为具体的研究课题而被提了出来。而且，作为日本学术界的独特课题，尚有一个如何继承日本传统戏剧的特殊性以及包含着这种特殊性的一般戏剧学体系的体例问题。为此，比较戏剧方法的讨论及推广，不是自然而然地成为必不可少了吗？

近代意义上的戏剧学研究，在中国则是二十世纪初开始于王国维的戏曲史研究。而后对中国戏剧历史的研究不断有新的创获，如吴梅的《中国戏曲概论》，周贻白的《中国戏剧史长编》，任二北的《唐戏弄》，以及张庚、郭汉城主编的《中国戏曲通史》，等等。对外国戏剧理论的介绍研究则有宋春舫、余上沅、洪深、熊佛西、张庚及顾仲彝等人。欧阳予倩、田汉、焦菊隐、黄佐临等人则试图通过艺术实践和理论研究，建立中西结合的新戏剧体系。近年来，戏剧理论的研究视野大为拓宽。戏剧概论、戏剧地方志等研究正在全面展开，而且还出现了建立与戏剧学有关的交叉学科的尝试，如戏剧社会学，戏剧哲学、戏剧心理学、戏剧生态学、戏剧管理学、戏剧教育学等。

一九八七年五月

南戏、永嘉杂剧与海盐腔

戏剧史家常常把南戏的诞生视为中国戏曲艺术的成熟标志，而温州正是宋元南戏的故乡，因而在中国戏曲的形成和发展史上，温州有其特殊地位。

明代人徐渭在《南词叙录》中记载："南戏始于宋光宗朝，永嘉人所作《赵贞女》《王魁》二种实首之""或云：宣和间已滥觞，其盛行则自南渡，号曰'永嘉杂剧'。"祝允明在《猥谈》中也说："南戏出于宣和之后，南渡之际，谓之'温州杂剧'。"可见温州是南戏的发源地，是中国戏剧形成的摇篮地区。

温州之所以能够成为中国戏剧形成的发源地，这与两宋时期当地的经济条件和政治情况密切相关。从北宋初年起，温州就是东海沿海的商业都市，一方面是整个瓯江流域及其邻近地区土特产和手工业品的集散地，另一方面又与明州（宁波）、泉州相通，设有"市舶司"专管海道运输与对外贸易，因而当时的温州府城十分繁华。宋高宗赵构南渡时，为逃避金兵追击，曾由明州下海，直奔温州，中央政权机关和太庙神主也都一度迁到温州。南宋建都临安（杭州）后，温州成了最繁盛的后方城市，宗室勋戚及北方来的流人源源而至，各种民间技艺也云集温州。在"九山"之间的瓦舍勾栏中，有不少北来的"路岐人"（流浪艺人）与本地的艺人在那里献歌卖艺，演唱的有诸宫调、大曲、法曲、武打杂剧以及热闹的目连戏，等等。由于各种技艺互相渗透，于是综合性的戏剧艺术——"温州杂剧"也便应运而生了。南戏的出现，为中国戏曲史写下了具有划时代意义的一页。

南戏所演唱的曲调称为"南曲"。明代曲论著作《南词叙录》称南曲的形成是"宋人词而益以里巷歌谣"，一方面肯定了南曲对"宋人词"音乐的继承关系，另一方面肯定了"里巷歌谣"在戏曲形成过程中的作用。《南词叙录》中又称"永嘉杂剧兴，则又既村坊小曲而为之，本无宫调，亦罕节奏，徒取其畸农市女顺口可歌而已"。这是说明南曲的许多曲调来源于永嘉的地方民歌。

初期南戏的剧本也多为"永嘉人所作"。这些南戏作者还曾组成"九山书会"或"永嘉书会"。现存南宋剧本《张协状元》（永乐大典戏文三种之一）就注明此本系东瓯"九山书会"编撰。号称宋元四大南戏的"荆、刘、拜、杀"，其中《荆钗记》写温州状元王十朋的故事，《刘智远衣锦还乡白兔记》则标明"永嘉书会"编（见明成化刊本）。至于元朝末年问世的最有名的南戏《琵琶记》，正是"东嘉"瑞安人高明所作。

由此可见，温州对宋元南戏的形成和发展做出了特殊的贡献。南戏在温州一带产生后，很快被传播到浙江各地及邻近的江苏、福建许多地区。这些地方对南戏的发展都各自做出了新的努力，使早期南戏带上了各处的地方色彩，并且出现了以这些地方为名的各种声腔，如杭州腔、弋阳腔等。其中最早的是海盐腔，大约在南宋时就已出现。

由于温州与中国戏曲的发展史有不寻常的关系，因而引起一代代学者的研究兴趣。如温州籍人王季思教授、董每戡教授对中国戏曲史的研究曾做出重大的贡献，在海内外影响甚大。一些著名的戏曲研究家也曾在温州考察过、工作过，如钱南扬教授、徐朔方教授等。

但在"文革"时期，温州的戏曲剧种都被判处"死刑"，如永嘉昆剧、温州瓯剧、和剧等都形消影散。戏曲研究与各种学术研究一样，实际上都停滞不前了。

"文革"结束后不久，各戏曲剧种开始复生，戏曲研究者也跃跃欲试。在温州，老一辈的学者如郑西村先生、唐湜先生都较早地恢复了研究活动。七十年代后期，大家最感兴趣的是对永嘉昆腔这种独特声腔的考察。笔者当时亦曾参与了这种探索。

通过对永嘉昆剧老艺人的调查访问，对他们演唱声腔的记录，然后把这些腔调与各地昆剧团的声腔作比较，我们初步形成一种认识，认为永嘉昆剧的腔调不属于苏州昆剧的那种"昆山腔"，而是比"昆山腔"更为古朴的早期的南曲声腔。我们觉得，这有可能是"海盐腔"的遗音。当我们写出了这种观点的文章后，立即引起了戏剧界与学术界的关注。北京的戏剧界领导人马彦祥先生专门组织调查组，亲自来温州观看永嘉昆剧的演出，并作了录音。《南京大学学报》在匡亚明校长的直接关照下，发表了我们的论文。

为什么这个问题能引起如此不平常的关注呢？这与"海盐腔"的历史地位有关。在明代，有所谓南曲"四大声腔"的说法，这指的是海盐腔、弋阳腔、余姚腔与昆山腔。昆山腔一直传唱至今，大家都比较熟悉。弋阳腔保留在许多"高腔"的剧种之中，不难寻找。余姚腔与海盐腔则不知"迷失"在何处，戏曲史家曾为之作出种种猜想。此后一些研究者主张在绍兴的"调腔"中可以听到余姚腔的风味。于是，只有海盐腔不知所终，一些戏曲史著作就断然认为该声腔已经消失。

但我们经过考察，认为海盐腔绪音依然存在，在永嘉昆剧中可以找到海盐腔的余响。我曾撰文简要地阐述了我们的看法。其有关内容转录于下。

海盐腔与其他声腔一样，既不可能突然创立起来，也不可能莫名其妙地消失，至少能找出一条发展的线索。周贻白在《中国戏剧史长编》中曾作假设："永嘉为南戏发祥地，自当具有宋元遗范。"而我们根据演唱风貌分析，认为"宋元遗范"很有可能遗存于现在的"永嘉昆剧"等古老剧种中。就声腔而言，在这里应当有"海盐腔"一类早期南曲的遗音。

海盐腔滥觞于宋末而盛行于明代嘉隆以前，一度成为一切南唱的代表。昆山腔崛起以后，海盐腔仍在各地上演。尤其值得注意的是，清康乾时人李调元在《雨村剧话》中说："今俗所谓海盐腔者，实法于贯酸斋，源流远矣。"刘廷玑更是在《在园曲志》中说："海盐浙腔，犹存古风。"可见，直至清康乾间，海盐腔依然在不少地方继续演唱。

海盐腔为早期南曲，流播地主要在浙江，因而又称为"浙调""浙腔"，如《曲海一勺》（清姚华撰）有"北杂金风，南参浙调"的说法，《在园曲志》更有"海盐浙腔"之称。《南词叙录》指出，当时"称海盐腔者，嘉、湖、温、台用之"，正说明了这一历史事实。

浙江，在海盐腔肇兴时是南宋京都所在地，在海盐腔衰落时，许多州县却又早已回复僻处海隅的地位，因而"海盐浙腔"便在最偏僻的浙南、浙西等处保守留传至今。现在"永嘉昆腔"中称为"九搭头"的各类早期南曲曲牌，浙西金华一带的义乌"草昆"，浙东台州一带的"黄岩昆"及浙东、浙西"三合班"里的一些早期南曲曲牌腔，就是属于海盐腔一类的。温州昆剧老艺人流传：该腔当初是由"盐民"演唱的。这一古老的传闻值得我们今天细加玩味。所谓"盐民"，当是"海盐子弟"之讹。称"海盐"为"盐"的古而有之，如明姚士粦《见只编》中就有"吾盐有优者金风"。

温州率先对海盐遗腔的研究，在其他地方亦有反响，如江西省的戏曲专家此后对海盐腔的研究着力甚深。

由于温州是南戏的发源地，加以海盐腔的研究极具魅力，故而进入八十年代以后，中青年专家的戏曲研究相继崛起。胡雪冈、侯百朋、孙崇涛、徐顺平、沈沉、马必胜等一大批名字在全国的报刊上纷纷出现。在这个基础上，由温州市文化局牵头，举行了规模盛大的、全国性的南戏学术讨论会，并推动成立了南戏研究会。

戏曲研究人才的不断涌现，意味着温州将为中国民族文化的奇葩——戏曲艺术的发展做出新的贡献。

一九九〇年七月十九日

琉球演艺初识

一

据《隋书》《流求国传》记载，大业三年（607），隋炀帝曾命羽骑尉朱宽"入海寻访异俗"而到了"流求国"。次年，又遣武贲郎将陈稜"浮海击之"，击退了流求人的拒逆，"进至其都，焚其宫室，虏其男、女数千人，载军实而还"。[1]

隋代朱宽、陈稜所到的"流求"，以往研究者多认为那是台湾。近年来许多学者细作比较研究，认为那个地方就是今日的冲绳。由此而论，历史已记录了隋代的大陆与琉球的有关事略。

此后，历唐、宋、元直至明初，应时有商旅往来。清康熙年间张学礼作《中山纪略》云："自唐宋至元，王之长子应袭爵者，至中国入国子监读书习礼。其父薨，始归国受封。至洪

---

1 《隋书》卷八一《流求国传》："流求国，居海岛之中，当建安郡东，水行五日而至。土多山洞，其王姓欢斯氏，名渴剌兜，不知其由来，有国代数也……所居曰波罗檀洞，堑栅三重，环以流水，树棘为藩。""（大业）三年，炀帝令羽骑尉朱宽入海求访异俗，何蛮言之，遂与蛮俱往，因到流求国。言不相通，掠一人而返。明年，帝复令宽慰抚之，流求不从，宽取其布甲而还……帝遣武贲郎将陈稜、朝请大夫张镇州率兵自义安浮海击之。至高华屿，又东行二日至鼊鼊屿，又一日便至流求。初，稜将南方诸国人从军，有昆仑人颇解其语，遣人慰谕之，流求不从，拒逆官军。稜击走之，进至其都，频战皆败，焚其宫室，虏其男、女数千人，载军实而还。"中华书局，1973 年，第 1823—1825 页。

熙时，悯其来往风波惊险不测，特免之。"[1]

明洪武五年（1372），明太祖朱元璋派遣行人杨载赴琉球，诏谕琉球国王向明朝入贡。此后，明朝与琉球逐渐确立了朝贡与册封制度。在这种朝贡、册封的往来活动中，中国文化也随之而传播到琉球。

洪武三十一年（1398），明朝廷遣"闽人"三十六户移居琉球[2]。他们聚居在"唐营"，亦即后来的久米村。至嘉靖甲午（1534）陈侃作《使琉球录》时犹谓："凡有姓者，皆出自钦赐三十六姓名之后裔焉。"[3]久米村人长期维持着"闽人"的生活传统。直至一百多年后的万历时期，久米村人口逐渐减少，境况衰落。但福建人带去的民俗、文化，其影响是深远的。

二

在册封、朝贡的仪式往来之间，明朝向琉球带去了"礼"与"乐"。此后琉球的音乐、舞蹈、演剧，显然保留了由中国

1　张学礼：《中山纪略》，《国家图书馆藏琉球资料汇编》（上），北京图书馆出版社，2001 年，第 663 页。

2　明严从简：《殊域周咨录》载："（洪武）三十一年，中山王察度遣亚兰匏贡马及硫黄、胡椒等物。世子武宁贡亦如之。初，王尝遣女官生姑鲁妹在京读书，至是亦来贡谢恩。上赐王闽人之善操舟者三十六户，以便贡使、行人来往。"中华书局，1993 年，第 126、127 页。清王之春：《清朝柔远记》则谓："明初入贡，太祖赐以闽人善操舟者三十六姓。"中华书局，1989 年，第 16 页。

3　陈侃：《使琉球录》，《国家图书馆藏琉球资料汇编》（上），第 71 页。

传播过去的艺术文化因素。

如陈侃《使琉球录》载琉球接待册封使时"金鼓笙箫乐，翕然齐鸣"[1]。陈侃对琉球的演出又有描述云："乐用弦歌，音颇哀怨。尝闻其曲有'人老不少年'之句，亦及时为乐之意，如《唐风》之《山有枢》也。更以童子四人，手系折而足婆娑以为舞焉。"[2]

郭汝霖、李际春重编《使琉球录》记载嘉靖三十八年（1559）册封使团中有"道士、戏子"等[3]。而其正使郭汝霖在琉球期间，于寄居处专门筑一座"思息亭"，"图书在前，琴瑟在御，以吟以咏，以弦以歌，庶几造化游而忘其身之在异乡矣。"[4]清徐葆光于康熙六十年（1721）刊印之《中山传信录》亦记载册封使团中有"吹鼓手八名"[5]。

明胡靖著《琉球记》云：

> 时重九宴天使，观竞渡于斯潭。爰从潭头高埠新架亭台，八面玲珑柱，柱以锦毡缠饰……时请天使登台，先用随行梨园，双演诸剧。遂有六龙竞渡谭中。

1 陈侃：《使琉球录》，《国家图书馆藏琉球资料汇编》（上），第39页。

2 同上，第72页。

3 郭汝霖、李际春：《使琉球录》，《国家图书馆藏琉球资料续编》（上），北京图书馆出版社，2002年，第108页。

4 郭汝霖：《思息亭说》，见《殊域周咨录》，第151页。

5 徐葆光：《中山传信录》，《国家图书馆藏琉球资料汇编》（上），第29页。

每舟置歌童十人，头戴扇面，团制如金笠，插一金蝶，羽如鹰翅，身披珠璎珞，飞带杂垂，如仙童样，各执一描金杖，支手立舟中，齐唱夷调。两傍坐夷人，以短楫轮转拍浪，比合相斗，无哄然争胜状。薄暮始散，则汇六舟歌童五十馀，高歌低舞，共演夷戏，不知其唱何词而演何记，第见其群聚翕如，高低不乱，自有一段校习然者。于是主宾尽竟日之欢，极斯谭之胜矣[1]。

清汪楫撰康熙二十五年（1686）刻本《使琉球录》记琉球重阳节的一次演出，其程序与上述《琉球记》略同。其云：

亭午，请观剧于圆觉寺之右殿。演剧用七十馀人。年长者十馀人，皆戴假面，吹笛、击鼓、鸣钲为前导。馀皆小童，年八九岁至十四五，悉朝臣子弟，常人不得与。各以金扇面为首饰，周围插纸剪菊花。短袄长裙，上以五色蕉布，半臂骨之。人手二木管，围径寸长不及尺，空其中，投以石子，两手交击作声，歌用按节已。又易小铁管细如箸，绳贯数十枚，握掌中，为拍板已……问其曲，曰：跃踊歌……其大指略与龙舟歌同，而词则加详耳[2]。

类似的记载，在各代册封使的报告、记录中多有描述。其情状亦多见于各种杂说。明万历年间的福建莆田人姚旅著有《露

1　胡靖：《琉球记》，《国家图书馆藏琉球资料汇编》（上），第283—285页。

2　汪楫：《使琉球杂录》，《国家图书馆藏琉球资料汇编》（上），第764、765页。

书》十四卷，其中的一段记述特别令人注意：

> 琉球国居常所演戏文，则闽人子弟为多。其官眷
> 喜闻华音，每作，辄从帘中窥。谦天使，长史恒跽请典
> 雅题目。如《拜月》、《西厢》、《买胭脂》之类皆
> 不演，即《岳武穆破金》、《班定远破虏》亦以为嫌，
> 惟《姜诗》、《王祥》、《荆钗》之属则所常演，每
> 啧啧羡华人之节孝云[1]。

姚旅《露书》刊行于明代晚期天启年间（1621—1627）。
该书记载了许多"传闻"，有关于中国各地的，亦有关于外国
的。其中关于琉球的，就有六则。其传闻材料多有来源，并不
是胡编乱造。其关于"闽子弟""演戏文"的这一条，系抄录
自四五十年前册封使萧崇业、谢杰的报告《琉球录撮要补遗》[2]。
《露书》中关于琉球的另几则传闻亦很有意思。如说琉球人地
位高低不同，其所裹头的"手巾"颜色则不同，以示区别。中
国册封使到达时，"彼皆华服来见，不复用彼服色矣"。琉球
人渐渐效中华人的"知礼义"，如："有子居丧，数月不食肉者，
有寡妇不嫁，守其二子者，每津津对华人道之。"

《露书》所载的"闽子弟"究竟演唱何种声腔剧种，今人
研究者有不同意见。有人认为其演唱的是梨园戏、莆仙戏，有

1　姚旅：《露书》卷之九《风篇中》，福建人民出版社，2008年，第212页。

2　见《国家图书馆藏琉球资料汇编》（上），第572、573页；参见陈耕：《明中
晚期福建戏曲传播琉球考略》，收入《福建戏史探考》，中国戏剧出版社，2007
年9月版。

人则认为其演唱的是弋阳腔、昆曲[1]。我认为从中国戏剧史的发展情况及琉球演剧的状况推测，琉球的"闽子弟"主要演唱的应该是弋阳腔系统的四平戏（包括福州的"词明戏"），以及梨园戏与莆仙戏。至明中后期，一些昆曲演员参与到演出团体中，这是有可能的。而至清中期以后，自然会有"花部"演员的演出。

为欢迎册封使团的到来，琉球"闽人"后裔及其他琉球人表演的歌舞戏剧，应该是册封使喜好的形式，其中必定富有中华元素。历史资料中常称之为"汉戏球戏""汉跃球跃""唐戏琉戏""唐跃琉跃"等。琉球戏剧研究专家板谷彻教授则采用"唐跃"一名统称之。[2]

三

如今，琉球将本地独特的传统演艺称为"琉球舞踊"。在冲绳那霸的大街上，我们很容易找到表演琉球舞踊的处所。不少饭店，也以演出琉球舞踊来吸引旅游观光者。

日文的"舞踊"两字，其词义略似于中文的"舞蹈"。在中文中，"舞蹈"连用，其义偏为"舞"。若分而理解，则为"手舞足蹈"，"舞"字重在手的动作，"蹈"字重在足的动作。

1　参见刘富琳：《中国戏曲与琉球组舞》（海峡文艺出版社，2001年12月）和陈翘：《福建戏史探考》。

2　［日］板谷彻：《关于唐跃》，日本民族艺术学会编《民族艺术》第23卷，2007年3月31日刊行。

日文的"舞踊"亦如此，"舞"字重在上身，而"踊"字重在下身。但日文"舞踊"连用，其义偏为"踊"。所以，在中国，称舞蹈艺术，可独用一"舞"字，一般不独用一"蹈"字；而在琉球，称舞蹈艺术，可独用一"踊"字，一般不独用一"舞"字。在日语中，"踊"字又可作"跃"字，其义同，其读音亦同，都读作"odori"。由于"踊""跃"二字义同，故日文一般不重复使用"踊跃"两字。而中文则有"踊跃"一词，其义与舞蹈无关。

细究起来，中国的"舞"字，亦可泛指多种演出艺术，如古时有"舞场"，今时有"舞台"，都是可供多种演艺演出的场所。琉球的"踊"字，亦如此。所称的"组踊""御冠船踊"，就是一种说、唱、舞综合的艺术，大略相当于中国的"乐""戏曲"。若翻译成中文，"组踊"与其译成"组舞"，还不如译作"组乐"或"组戏"；"御冠船踊"与其译成"御冠船舞"，还不如译作"御冠船乐"或"御冠船戏"。所以，这些词，还是以保留原字不翻译为好，就统称为"组踊"等即可。就如日本的"能"，我们也就不翻译成其他中文词了。

昭和四年（1929），冲绳县那霸市人伊波普犹编著《琉球戏曲集》[1]，其实就是"组踊"（即"组跃"）的剧本集，共收辑组踊剧目二十五本。其《附录》九篇，都是当时对组踊的研究成果，其篇目分别是：《冠船渡来与踊》《组跃与能乐的考察》

1　[日]伊波普犹：《琉球戏曲集》，东京，春阳堂，昭和四年十月出版。

《组跃谈丛》《组跃小言》《组跃〈执心钟人〉》《组跃之型》《〈道成寺〉与〈执心钟人〉》《组跃中的等级制度》《琉球作戏的鼻祖玉城朝熏年谱——组踊的发生》。不久，伊波普犹又编著了一部《琉球戏曲辞典》[1]。这是编著《琉球戏曲集》的"副产品"，成了《戏曲集》的"姊妹篇"。这两本书的"戏曲"，指的都是"组踊"。

我们最近获赠《琉球舞踊》图文本一册，系由冲绳县商工劳动部观光文化局文化振兴课编集，于平成七年（1995）三月发行。其"古典舞踊"系列中有《若众节》一目，注明这是中国册封使所喜欢的"御冠船踊"节目。所谓"御冠船踊"，就是向册封使献演的琉球舞踊。在"杂踊"系列中，有许多剧目属于"打组踊"，如《岛尻天川节》《古茶前》《仲里节》等；另有专门标为"舞踊剧"的，如《金细工》《川平节》等。书末附刊的《琉球舞踊年表（1404—1946）》，记下了以下一些值得注意的事项：

1404 年，第 1 回册封使陈时中来岛。

1534 年，册封使陈侃（第 10 回）来岛。童子四人的舞踊。

1　[日]伊波普犹：《琉球戏曲辞典》，冲绳，榕树社，1992 年 11 月再版。

1606 年，册封使夏子阳（第 13 回）来岛。"夷人为夷舞，复为夷戏，成日本的曲调。"

1719 年，册封使海宝、徐葆光来岛（第 17 回冠船[1]）。在重阳宴上，玉城朝薰上演组踊《执心钟人》《二童讨敌》。

1756 年，册封使全魁、周煌来岛（第 18 回冠船）。玉城盛昭上演《四竹》。

1838 年，册封使林鸿年、高人鉴来岛（第 21 回冠船）。套踊：《特牛节》《伊野波节》（仲秋宴），《天川》《麾踊》（重阳宴）。

1866 年 6 月，册封使赵新、于光甲来岛（第 22 回），小禄按司、奥武亲方、我如古亲云上任躍奉行。

1875 年，终止册封使、朝贡差。

琉球舞踊是很有特色的艺术瑰宝。从中可以看到琉球本土的文化以及中国文化、日本文化、东南亚文化在这里的交融、消长。特别是"组踊"，由历代文献以及我们亲临观看的演出可以得知，这是由诗（韵文念白）、音乐和舞蹈组成的总体性艺术，而且有人物、有情节。这种形式，类似于中国远古的"乐"及当今的"戏曲"。

---

1 琉球新国王即位，中国皇帝遣使团带着敕书及王冠乘船前来册封。琉球人将册封船称作"冠船"或"御冠船"。进而将册封使渡来琉球之事亦称作"冠船"。参见矢野辉雄：《新订增补冲绳艺能史话》，冲绳，榕树社，1993 年 4 月版。

　　一九七二年，琉球的组踊被认定为日本国家的"重要无形
文化财"。其突出的艺术特色及其独特的文化交流史意义，现
在已越来越引起世人的关注。

二〇〇九年十月十八日

中国艺术虚实论

一、艺术的虚与实

虚与实是中国古代美学文艺学中使用宽泛的一对基本概念。其含义涉及有形与无形，客观与主观，直接与间接，有限与无限，思想与形象等，总之，涉及有关确定性与不确定性之间关系的许多问题。

在文艺研究的不同理论层次上，都曾用虚实来说明创作中一些带规律性的问题。其中较常见的，有以下三种情况：其一，在文学修辞领域，指实字与虚字的不同作用；其二，在艺术创作方法论领域，指真实与虚构的关系；其三，在艺术哲学领域，指有关有形与无形的各种表现及其精神实质。

实字与虚字问题是谈论诗词创作中的修辞方法问题。一般说来，"实字"包括名词和数词，"虚字"包括动词、形容词、副词等。古代许多文论都曾研究如何活用实字与虚字，借以提高诗词的艺术效果。如宋人杨万里《诚斋诗话》主张："诗有实字，而善用之者，以实为虚。"张炎《词源》主张作词不能堆叠实字，而是要"用虚字呼唤"，使"句语自活"。也有人认为诗句中"实字多则健，虚字多则弱"（见《续昭昧詹言》），因而要处理好适当的关系。对于有关虚字实字用法这个修辞学的问题，本文不拟详述。

真实与虚构所议论的是有关艺术真实与生活真实或历史真实的关系问题。这在戏曲小说等叙事文学中较多地涉及题材处理问题。明人谢肇淛曾说："凡为小说及杂剧戏文，须是虚实相半，方为游戏三昧之笔，亦要情景造极而止，不必问其有无也。"（《五杂俎》）这是指小说和戏曲创作，必定要根据需要而进行虚构，不必拘泥于生活中是否真有其事；但这种虚构要适度，必须有一定的现实根据，这就叫"虚实相半"。清人金丰在评小说时也曾说："从来创说者，不宜尽出于虚，而亦不必尽出于实。苟事事皆虚则过于诞妄，而无以服考古之心；事事皆实则失于平庸，而无以动一时之听。"（《说岳全传序》）这里着重论历史小说中艺术虚构与历史真实之间的关系，主张必须有一个适当的度。孔尚任在写作历史剧《桃花扇》时，偏重考据史实，但允许在情节构思和细节描写时有所虚构。他说："朝政得失，文人聚散，皆确考时地，全无假借。至于儿女钟情，宾客解嘲，虽稍有点染，亦非乌有子虚之比。"（《桃花扇凡例》）这里所说的"确考"和"点染"的结合，即是要求史迹实而情趣虚，主张作家既要谨守史实，又要发挥艺术创造的主动性。鉴于有些文人把艺术创作混同于历史著述或生活实录，不理解艺术虚构的意义，因而许多文论家就对不同的文体加以区别，反复陈述艺术创作中虚构的作用。如清人凌廷堪论戏曲时说："元人杂剧事实多与史传乖迕，明其为戏也。后人不知，妄生穿凿，陋矣。""元人关目往往有极无理可笑者，盖其体例如此。近之作者乃以无隙可指为贵，于是弥缝愈工，去之愈远。"(《论曲绝句》自注）他认为戏曲"明其为戏"，就不应以"史传"的眼光来看待，如果把舞台动作变成真实的生活，其结果必然是"弥缝愈工，去之愈远"。二知道人论小说时亦说："盲左、班、马之书，实事传神也；雪芹之书，虚事传神也。然其意中，自有实事，罪花业果，欲言难言，不得已而托诸空中楼阁耳。"(《红楼梦说梦》）他认为历史著作妙在"实事传神"，而小说则妙在"虚事传神"，但这种虚事又是意中的实事，意思是说小说虚构也不能够任意编造，而必须符合艺术真实的要求。李渔论曲时曾有《审虚实》一款，专门论述戏曲题材的处理原则。他说："传奇所用之事，或古或今，有虚有实。""实者，就事敷陈，不假造作，有根有据之谓也；虚者，空中楼阁，随意构成，无影无形之谓也。"他说明了虚构的意义，明确主张"传奇无实，大半皆寓言"，所谓"无实"，即指虚构。李渔还有"实则实到底""虚则虚到底"的主张，认为描写现实题材的作品必须"虚到底"，而描写人所熟知的古事则要"实到底"。提出这种主张的目的是为了要求艺术风格的一致性。他提请作家注意，对于"观者烂熟于胸中，欺之不得，罔之不能"的古人古事，不可任意做翻案文章，因为那些已深入人心的艺术形象，是历代作家和群众的共同创作，其中反映了一代代民众的爱憎之情。他的这种劝诫值得注意。当然也要指出，他在论说过程中不免有绝对化的偏颇。对于文艺创作中题材的真实与虚构问题，本文亦只作这样的简析，而不拟详为阐述。

虚实论在更多的时候是阐述艺术创作中有形与无形的辩证关系。这种艺术精神在不同的艺术门类中有不同的表现。

在书法中讲究空间布白之美，所谓"计白以当黑，奇趣乃出"（包世臣《安吴论书》），要求把书法作品中有字部分和无字部分有机地结合起来，通过有形的笔画引起人们对笔画之外意境的联想，以求达到"点画之间皆有意"（张彦远《法书要录》引王羲之语）。

在绘画中讲究画面结构的疏密关系，注意有画部分和无画部分的呼应结合，使观赏者在空白之处发挥想象，收到"画在有笔墨处，画之妙在无笔墨处"（戴熙《习苦斋画絮》）的审美效果。画论家把这种现象称为"虚实相生，无画处皆成妙境"（笪重光《画筌》）。明人董其昌论用笔时则明确提出疏密相间的要求："须明虚实。虚实者，各段中用笔之详略处也。有详处，必要有略处，实虚互用。疏则不深邃，密则不风韵，但审虚实，以意取之，画自奇矣。"（《参禅室随笔》卷二）

在戏曲中讲究表演的虚拟性，让舞台景观以无作有，以少胜多，由演员的动作与语言来虚拟剧中情境。所谓"景随情移"，就是追求一种自由灵活的舞台时空，利用演员的种种提示，充分调动观众的想象力，在空舞台或"一桌二椅"之间构想出各种特定情境来，达到"三五步行遍天下，六七人百万雄兵"的奇妙效果。

在诗歌创作中则讲究借景生情，借境寓意。诗论家以内在的情意为虚，而以外在的景境为实，其虚实结合体现为情与景、意与境的融合。宋人范晞文曾引周伯弼《四虚序》之语云："不以虚为虚，而以实为虚，化景物为情思。"（《对床夜语》卷二）清人黄宗羲则云："周伯弼之注三体诗也，以景为实，以意为虚。此可论常人之诗，而不可以论诗人之诗。诗人萃天地之清气，以月露风云花鸟为其性情，其景与意不可分也。"（《南雷文案·景州诗集序》）黄宗羲着意指出诗人之诗已将客观外景与个人性情融化在一起，故而能使"俄顷灭没"的月露风云花鸟化为永恒的艺术品。这其实也就是虚实互融，"化景物为情思"。

二、一系列相对的概念

谈艺家论虚实，逐步形成一些相对的概念，构成富有辩证色彩的文艺美学内容。除上文已述的情与景、疏与密之类，还有许多范畴或概念值得提出一论，如关于阴与阳，神与形，隐与显，空灵与结实，生与熟，等等。

阴与阳原系古代哲学的基本概念，用来代表自然界两种相互对立、相互消长的势力和属性。凡动的、暖的、向外的、明亮的、壮实的等等均为阳，凡静的、寒的、向内的、晦暗的、虚弱的等等均为阴，"故阳常居实位而行于盛，阴常居空虚而行于末"（《春秋繁露·阳尊阴卑》）。清人丁皋论画云："凡天下之事事物物，总不外于阴阳。以光而论，明曰阳、暗曰阴；以宇舍论，外曰阳、内曰阴；以物而论，高曰阳、低曰阴；以培塿论，凸曰阳、凹曰阴。岂人之面独无然乎？唯其有阴有阳，故笔有虚有实。唯其有阴中之阳、阳中之阴，故笔有实中之虚、虚中之实。"（《写真秘诀·阴阳虚实》）邹一桂论画亦云："幅无大小，必分宾主，一虚一实，一疏一密，一参一差，即阴阳昼夜消息之理。"（《小山画谱》）他们都是以阴为虚，以阳为实，在艺术创作论中阐扬阴阳虚实之道。丁皋主要是在"阴阳"的原始意义即表示事物"光暗"的属性方面而论述，邹一桂所论则已从较为宏观理性的视角来说明阴阳之义。

　　形与神也是一对古老的哲学概念，渐而成为中国古典美学中的基本概念。形与神的关系始终是我国古代文艺家们思之不尽的题目。南朝宋画家宗炳云："今神妙形粗，相与为用，以妙缘粗，则知以虚缘有矣。"（《明佛论》）这是以神为虚为无，而以形为实为有，追求形神相与为用。所谓"神妙形粗"，是以神为精而以形为粗。《庄子》有云："可以言论者，物之粗也；可以意致者，物之精也。""粗"是事物的外表形貌，"精"是事物的内里精神。形貌显现，故可以感知而言论；精神微妙，则只可意会而不可言传。在艺术作品中，形是外相，神是内涵。神是生气周行的内在意蕴，形则是它的外在表现。形可以直观鉴赏，神则只可心领神会，要以审美思维体悟它。对于形神关系的理解与追求，有的艺术家偏重于形，有的则偏重于神，于是就有了"神似"与"形似"之争。但事物既有形神或粗精的两个层面，也就不可偏废。无形则难以通神，无神则形无生气。形神相与为用，也就是有无相生，虚实相缘，艺术作品中形似与神似的相依相济。

关于隐与显，已见于《文心雕龙》。其《体性》篇云："夫情动而言形，理发而文见，盖沿隐以至显，因内而符外者也。"事物总是有表与里、外与内的两面，内里为"隐"而外表为"显"。就文章而言，情理隐于内而言文显于外，写作就是一个由内隐而外显的过程。在《文心雕龙》中，隐与显又称为隐与秀。这是从文章的本质看隐与显。若就形象表达的方式来看，也有一个隐与显的问题，亦即藏与露的问题。明人陆时雍论诗云："善言情者，吞吐深浅，欲露还藏，便觉此衷无限。善道景者，绝去形容，略加点缀，即真相显然，生韵亦流动矣。此事经不得着做，做则外相胜而天真隐矣，直是不落思议法门。"（《诗镜总论》）认为作诗必须注意到藏与露的关系，而对于藏露显隐，还必须天真自然，不可刻意做作。书法家尤其注重藏与露的关系，南宋姜夔《续书谱》云："不欲多露锋芒，露则意不持重；不欲深藏圭角，藏则体不精神。"主张藏与露应当有个合适的度数。清人布颜图论画则特意提出"隐显之法"，云："夫绘山水隐显之法，不出笔墨浓淡虚实，虚起实结，实起虚结。笔要雄健，不可平庸；墨要纷披，不可显明。一任重山叠翠，万壑千丘，总在峰峦环抱处，岩穴开阖处，林木交盘处，屋宇蚕丛处，路径纤回处，溪桥映带处，应留有虚白地步，不可填塞，庶使烟光明灭，云影徘徊，森森穆穆，郁郁苍苍，望之无形，揆之有理。斯绘隐显之法也。"（《画学心法问答》）这段话以虚实相生的道理说明绘画必须处理好隐显关系，要在浓淡虚实隐显之间画出微妙境界。

与"隐显"有关的，则是"含糊"与"逼真"。含糊犹曰朦胧，逼真犹曰明朗。创作方法在隐显藏露之间的，其作品可能有朦胧之趣，若过于显露直率，则无反复玩味的价值。明代谢榛《四溟诗话》认为"凡作诗不宜逼真"，"妙在含糊，方见作手"。意谓作诗不宜明白直说，而应在可解与不可解之间，产生一种特殊的朦胧的美感。他举例说："朝行远望，青山佳色，隐然可爱，其烟霞变幻，难以名状。及登临，非复奇观，惟片石数树而已，远近所见不同。"在明朗逼真的情况下，原来只有片石数树的平凡景象，而当远望其含糊不清的映象时，却有一种奇妙的观感。这种"隐然可爱""难以名状"的美感，正是含糊亦即朦胧之美。对于这种含糊之美，前人亦曾以不同的语言指出过，如唐代司空图所说的"虚实难明"的境界等。这种对于"含糊"美的追求，其本质是在接受老子关于道在"恍惚"之间的说法，而对诗艺的一种特殊性的认识。在谢榛之后，类似的论述就更多了。如明代汤显祖主张"诗以若有若无为美"

（《如兰一集序》），董其昌论画法、文章法时主张"如隔帘看月，隔水看花，意在远近之间"（《画旨》），清代叶燮指出诗的妙处在"可言不可言之间""可解不可解之会"（《原诗》），陈廷焯主张作词须"若隐若现，欲露不露，反复缠绵，终不许一语道破"（《白雨斋词话》），等等。

　　另有空灵与结实一说。空灵与结实是两种相对的艺术风格。空灵意为超逸灵动，不着迹象；结实意为合乎真实，不离物象。空灵正是艺术中"虚"的境界，结实则正是"实"的境界。前者追求文字形迹之外的灵虚意趣，后者追求质朴坚健的求实精神。两种风格，各有特色，亦各有所长。但若过于偏好，追求无度，那么求空灵容易偏于空洞无根，不着边际；求结实则容易偏于凝碍不畅，缺乏余味。故而有人主张两者的统一。清人刘熙载《艺概》中说得最为清楚："文或结实，或空灵，虽各有所长，皆不免着于一偏。试观韩文，结实处何尝不空灵，空灵处何尝不结实。"要在结实处体现出空灵的意味，又要在空灵处看到结实的精神，这正是历代许多艺术家、美学家所主张的"虚实结合""虚实相生"的境界。这种空灵与结实的统一，就是追求不碍于物而又不离于物的艺术境界。明末张岱在论绘画时，主张空灵应以坚实为基础，可在坚实处求空灵，所谓"天下坚实者空灵之祖"（《与包严介》），他称那些无坚实基础而求空灵的作法为"率意顽空"，认为这种空灵易沦为空疏轻浅。

　　与此相关的，又有清空与质实之说。这是古代词论中两个相对的概念。南宋张炎特别强调作词必须"清空",他认为"清空二字,亦一生受用不尽,指迷之妙,尽在是矣"(见陆辅之《词旨》)。在词学专著《词源》中,他以姜夔、吴文英两家词作对比,力主此说:"词要清空,不要质实。清空则古雅峭拔,质实则凝涩晦昧。姜白石词如野云孤飞,去留无迹。吴梦窗词如七宝楼台,炫人眼目,碎拆下来,不成片段。此清空质实之说。"张炎标举的"清空",从字义上看,"清"就是不浊不俗,古雅高洁;"空"就是含而不露,虚灵超脱。所以把清空的词风比作"野云孤飞,去留无迹"。张炎所说的"质实",正与清空相对,这是指填塞板结。所谓"如七宝楼台,炫人眼目",即是指表面的华美堆积;"碎拆下来,不成片段",即是指内在缺乏神情的贯通。张炎所说的清空之词,大抵是能摄取事物的神理而遗其外貌,显得浑脱高远;质实之词,则大抵是写得雕琢奥博而胶着于所写的对象,显得板滞堆砌。张炎用清空概括姜夔词风特点,用以补救吴文英词的堆砌和周邦彦词的晦涩。这种主张曾为清代浙派词家奉为圭臬,影响很大。但张炎论词唯重清空、雅正,取径偏于狭窄,清代周济即曾批评他"过尊白石,但主清空"(《介存斋论词杂著》)。

三、练熟还生

生与熟的关系是艺术创作中一个颇为独特的问题。

明末艺术批评家张岱曾说，弹琴有两种大病，一种是"不能化板为活，其蔽也实"，另一种是"不能练熟为生，其蔽也油"。（《琅嬛文集·与何紫翔》）过于板实，就不灵活，更不能达到变化自如，风神灵动。过于烂熟，则容易随意重复，不注入活力，不投入激情，渐至于油滑。故而要求"化板为活"、"练熟为生"。所谓"生"，就是如同始发初生般的具有新鲜感与即时创作的灵通感，这就是"生鲜之气"，也就是"鲜活"的意思。如果只有技巧的熟练，不在每次弹奏时有新的生鲜的情感灵气注入，则不是显得死板，就会流于油滑。这就是艺术的辩证法：生能致活，而熟反致死（板也）、致油（滑也）。为了达到一种美妙的演奏境界，张岱主张弹琴者要练得"十分纯熟，十分陶洗，十分脱化"。首先要练得"纯熟"，进而再行"陶洗""脱化"。"陶洗"是对已纯熟的技巧的不断简约与新变，"脱化"则是向一种新的灵虚生机境界的升华。这也就是"练熟还生"的过程。张岱还推而广之说："此练熟还生之法，自弹琴、拨阮、蹴踘、吹箫、唱曲、演戏、描画、写字、作文、作诗，凡百诸项，皆借此一口生气。得此生气者，自致清虚；失此生气者，终成渣秽。"

写诗正是如此。诗人对所吟的对象既娴熟于心，在表现上又需有一种犹如"陌生"的新鲜感；对写作技巧的运用，既能熟习自如，又要自具生趣，不落前人窠臼。谢榛《四溟诗话》中有言："或问作诗中正之法，四溟子曰：贵乎同不同之间。

同则太熟，不同则太生。二者似易实难。握之在手，主之在心。使其坚不可脱，则能近而不熟，远而不生。此惟超悟者得之。"此处所谓"同"，若以作品内容而言，指与所描写的事物如出一辙，缺少应有的距离感；若以作品形式而言，则指与前人的手法技巧太似，缺少戛戛独造的新鲜感。谢榛主张要在同与不同之间、生与熟之间寻找一种最佳的关系。清人叶燮于《原诗》外篇中亦曾论此。他主张"陈熟"与"生新"须二者相济而不可彼此交讦，只有于"陈中见新""生中得熟"，才能达到"全其美"的佳境。

戏剧表演需要"练熟还生"。有一句戏曲艺谚说："熟戏要当三分生，练成再加三分工。"表演艺术家梅兰芳曾说："我的经验是：戏唱得越熟，理解力越强，正如俗语所说'熟能生巧'，这句话是一点都不错的。可是，还应当注意：戏唱熟了，往往会'油'。戏唱油了，是要不得的。"（《梅兰芳文集·赣湘鄂旅行演出手记》）古代曲论中已有人指出这个道理。元代学者胡祗遹认为"唱说"的表演有"九美"，其中一美是："轻重疾徐，中节合度，虽记诵闲熟，非如老僧之诵经。""中节合度"，即"练熟"也；"非如老僧之诵经"，即反对如有口无心的和尚念经般的烂熟，实则要求"还生"了。"练熟"要求有准确的重复，"还生"则要求有生动的新创。单靠"烂熟"的表演只是机械重复的技艺展览，只有"还生"的表演才是真正的艺术创造，因为"还生"的表演强调表演艺术的即兴性，要求每一次演出都有新的生动的创造。戏曲写作亦是如此。不能依别人的粉本描画，亦不能落入自己的旧窠臼。诚如明人张琦《衡曲麈谈》所言："（传奇）不贵剽袭而贵冶创，不贵熟烂而贵新生。"王骥德《曲律》亦云："曲之尚法，固矣；若仅如下算子、画格眼、垛死尸，则赵括之读父书，故不如飞将军之横行匈奴也。""汉飞将军"李广率兵时没有呆板的编制和固定的行列。他之所以"横行匈奴"，正是靠他治兵的随机灵动。

文论家大抵主张工极而归于拙，熟后而归于平淡。如苏轼说："凡文字，少小时须令气象峥嵘，色彩绚烂，渐老渐熟，乃造平淡；实非平淡，绚烂之极也。"书家则早就有类此的意见，唐代孙过庭《书谱》说："初学分布，但求平正；即知平正，务求险绝；既能险绝，复归平正。初谓未及，中则过之，后乃会通。通会之际，人书俱老。"画家尤其讲究生熟之道。如清代戴熙说："画要熟中求生。余久不画，当生中求熟矣。然与其熟中熟，不如生中生耳。"（《飞苦斋题画》）郑燮自题画竹诗写道："四十年来画竹枝，日间挥写夜间思。冗繁削尽留清瘦，画到生时是熟时。"

明代顾凝远论画时则鲜明地标举"生拙"，反复陈述，使这一观点成为他的论画专著《画引》中最有影响的部分。他写道："然则何取于生且拙？生则无莽气，故文，所谓文人之笔也；拙则无作气，故雅，所谓雅人深致也。"此处所谓"生"，即初生鲜活的意思；"拙"，即拙朴无伪的意思。"生拙"，正是原初未裂的"童心"所在，故而顾凝远又说道，他所标举的生拙正是绘画的"元气苞孕未泄，可称混沌初分，第一粉本也"。他称赏未入门的童稚，认为他们法门未明，童心未散，无拘于"入门"后的那种"绳墨"，反而能保持真实的生命，"自抒其天趣"。于是，他特别提出绘画必须追求"熟外生"。他说："画求熟外生。然熟之后，又能复生矣。要之，烂熟，圆熟，本自有别，若圆熟，则又能生也。"所谓"烂熟"，就是熟得发腐，鲜味全失，新意全无，这也就是张岱所说的"油"。"圆熟"，则正是张岱所说的"十分纯熟，十分陶洗，十分脱化"。圆者，完美而又虚心也，犹如《庄子·齐物论》中所说的"环中"，其特点是圆空而不填塞。庄子说"得其环中，以应无穷"，这是凭借"虚空"处而获得流动灵通，以致生生不息。圆，如明珠一颗，无边无缘，面对六合而无偏向；又如车轮，虽在重复自转，却并不停留原处，总是在前进而无尽，所谓"圆转无穷"是也。因而，"圆熟"就是重复而不停留，熟练而又不为所拘，可以不断充实各方新鲜生气，达到圆润灵虚、往而不返的境地。刘熙载论书法时亦将"熟"分为两种，一种是粗浅之熟，另一种是精深之熟。他说："书家同一尚熟，而熟有精粗深浅之别。唯能用生为熟，熟乃贵。自世以轻欲滑易当之，而真熟亡矣。"（《艺概·书概》）粗浅之熟流为"轻俗滑易"，是书家大忌。精深之熟才是"真熟"，其特点是不随流俗，不落旧套，时时流贯新意生气，所以这是熟中有生，"用生为熟"。姚孟起《字学忆参》云："书贵熟，熟则乐；书忌熟，熟则俗。"这也是区分了两种不同的"熟"。一种"熟"可增乐趣，故为书家所贵；另一种"熟"，则易生俗气，故为书家所忌。明人傅山论书法所谓"宁拙毋巧，宁丑毋媚，宁支离毋轻滑，宁真率毋安排"，其主旨亦是在倡言生拙真朴而反对熟滑虚伪。

张岱论琴说："初学入手，患不能熟，及至一熟，患不能生。"（《与何紫翔》）清人冯武论书亦说："书必先生而后熟，亦必先熟而后生。始之生者，学力未到，心手相违也。熟而生者，不落蹊径，不随世俗，新意自出，笔底具化工也。"（《书法正传》录《书旨》）艺术创作生命应该有这样一种演化的过程：生——熟——生。这就是由生疏变为纯熟，再变而为生鲜。换一种方式来表征则是：虚——实——虚。也就是由空虚进入充实，再升华而至虚灵。画论有云："画自无而之有，复能自有而之无，化矣。"（戴熙《习苦斋题画》）词论有云："初学词，求有寄托，有寄托则表里相宣，斐然成章；既成格调，求无寄托，无寄托则指事类情，仁者见仁，知者见知。"（《介存斋论词杂著》）自无至有，即是自虚至实；自有复无，即是自实返虚。只有返无才是艺术的化境。在这个阶段艺术家才拥有真正自由的创作天地。

四、捕风捉影与无中生有

在文艺领域谈论虚实问题，虽然有些人偏重于实的方面，但这常常是由于缺乏对文艺特殊功能的理解。如能真正从文艺特征的角度去考察问题，则大都主张虚实结合，而且常常强调虚的作用。如论诗强调"韵外之致"，论画强调"气韵生动"，论琴强调"得之弦外"，等等。

在论及创作构思时，有人把文艺创作看作是"捕风捉影""无中生有"的境界。

捕风捉影，或谓"系风捕景（影）"，原来比喻事物的虚无缥缈，无根无据。苏轼则用来谈论作文："用物之妙，如系风捕景。"（《答谢民师书》）说明艺术创作就是要善于捕捉主观的那种无定质、无定状的感觉或心象。明末王思任论戏曲创作时说："火可画，风不可描；冰可镂，空不可斡：盖神君气母，别有追似之手，庸工不与耳。"（《批点玉茗堂牡丹亭叙》）形象地说明了像汤显祖这样的剧作家具有"描风""斡空"的传神写意能力，这正是非凡的艺术家高于"庸工"的地方。司空图曾说，诗人捕捉事物形迹之外的风貌神理，"如觅水影，如写阳春"（《诗品·形容》）。其意是说，水影极其幽微玄妙，勃发的春意亦妙不可言，只能以化工绝妙的办法，摹神绘影，写其形容。清人王夫之则说："以追光蹑景之笔，写通天尽人之怀，是诗家正法眼藏。"（《古诗评选》卷四）其意亦是。

那么，究竟如何捕风捉影呢？南宋罗大经出题而未解。他说："绘雪者不能绘其清，绘月者不能绘其明，绘花者不能绘其馨，绘泉者不能绘其声，绘人者不能绘其情：此亦未知道妙云尔。"（《鹤林玉露》）清人金圣叹语焉而未详。他只是说，捕捉这种若有若无的影像时，需要别具"灵眼"与"灵手"，而究竟这种灵妙的"手""眼"为何物，他没有说。后来的毛声山则试图说明捕风捉影之法。他在评点《琵琶记》的一篇总论里说："才子之文，有着笔在此而注意在彼者。譬之画家，花可画而花之香不可画，于是舍花而画花旁之蝶：非画蝶也，仍是画花也；雪可画而雪之寒不可画，而画雪中拥炉之人：非画炉也，仍是画雪也；月可画而月之明不可画，于是舍月而画月下看书之人：非画书也，仍是画月也。"这里所谓"着笔在此而注意在彼"，即是说明要用以形传神以实传虚的办法，把虚无恍惚的感觉中的"影像"捕捉住并表达出来。由于花之"香"、雪之"寒"、月之"明"是无定形之物，故而用实有之物来表现时，不是依靠实有之物的孤立静止状态，而是依靠实有之物之间的关系与动态，如花旁蝴蝶的飞动，雪中人的拥炉，月下人的看书，这都是通过"蝶""人"的特有动作，表现了"花香""雪寒"和"月明"的微妙境界。静止不动的、孤立的"蝶""人"难以表达形迹缥缈的"香韵""寒意"之类感觉，只有流变不止的动态才能生动地体现形迹不定的事物的神情。

如果说"捕风捉影"所捕捉的虽是"无形"却还是"有影"的事物，"无中生有"则要说明如何从"无"中生出"有"来。

晋人陆机《文赋》中有两句不寻常的话："课虚无以责有，

叩寂寞以求音。"明代张凤翼注云："文章率自虚无之中以求其象，叩寂寞之乡而求音韵。所谓形其无形，声其无声也。"(《文选纂注》)《文赋》的这两句话正是说明文艺创作过程中艺术形象从无到有的独特现象。今人钱锺书指出："陆语自指作文时之心思。思之思之，无中生有，寂里出音，言语道穷而忽通，心行路绝而顿转。曰'叩'曰'求'曰'课'曰'责'，皆言冥搜幽讨之功也。"(《管锥编》第三册)

苏东坡论画，主张"意在笔先"，必先"胸有成竹"而后作画，这似乎在谈论"捕风捉影"的妙处。郑板桥论画，亦主张"意在笔先"，但又主张"胸无成竹"，这就是在谈论"无中生有"了。所谓"胸无成竹"，即是反对在创作中受先入为主的格套所拘，而主张随机应变，在即兴之中创造出独特的、鲜活的艺术品。板桥又认为，胸有成竹与胸无成竹，说到底是一个道理。他在题画竹中说："文与可画竹，胸有成竹。郑板桥画竹，胸无成竹，浓淡疏密，短长肥瘦，随手写去，自尔成局，其神理具足也。貌兹后学，何敢妄拟前贤。然有成竹无成竹，其实只有一个道理。"这一个道理，都是为了完美地表现画家心中的意绪才情。苏轼主张先立意而后运笔，郑燮则主张随意而运笔。其实苏轼所谓先立意之"先"，也不过只是一瞬间，"稍纵即逝"，这同郑燮主张意笔同时运行，相去也不远，都有某种随机即兴性。

胸无成竹，颇能说明艺术创作的自然化工之妙。所谓天机自动，不知其所以然而然。郑燮题画竹说："未画之前，胸中无一竹，既画之后，胸中不留一竹。方其画时，如阴阳二气，挺然怒生，抽而为笋为篁，散而为枝，展而为叶，实莫知其然而然。"他又说，"未画之前，不立一格；既画之后，不留一格。"（《乱兰乱竹乱石与江希林》这种触动灵机、随意而作的艺术创作境界，大概十分难得，非达到物我圆融的精神境地是难以生发的。金圣叹认为像王实甫《西厢记》这样的元曲神品，其创作过程肯定是灵机自动而来，断不是"做"出来的，"写前一篇时，他不知道后一篇应如何"（《读第六才子书西厢记法》）。这些话与郑燮之"胸无成竹"说如出一辙。

艺术家的这种创作境界，实则反映了艺术创作中的一种现象，这就是艺术创作的主体和客体达到"神合"于一体时，即兴而作即可达到化境。因为这时艺术家笔下的形象已经有了自己的生命，它并不受制于艺术家事先之框范，而是按照自己的生命逻辑而生发，因而也无法第二次完全重复它的生命经历中的某一刹那或某一阶段。这大概就是创作的最难得的极境。只有那些有丰富的生活积累和圆熟的艺术技巧的艺术家，遇到某种令人兴发的机缘，才能达到这种境界。因而，当他达到这种境界时，也并不清楚它缘何而来。这种创作境界，对于艺术家来说，在事前的确是胸中所"无"的，但对于将要诞生的艺术形象来说，却是其生命经历中所必"有"的。故而郑燮在题画时又称："与可之'有'，板桥之'无'，是一是二，解人会之。"

艺术创作时，另有种无意而发的过程，也可称之为"无中生有"。清代张庚论画时认为，绘画的气韵所发，有四种情况：一是"发于墨者"，二是"发于笔者"，三是"发于意者"，四是"发于无意者"。他以发于无意者为最上。什么是"发于无意者"呢？他说："当其凝神注想，流盼运腕，初不意如是而忽然如是也。谓之为足则实未足，谓之未足则又无可增加，独得于笔情墨趣之外，盖天机之勃露也。然惟静者能先知之，稍迟未有不泪于意而没于笔墨者。"（《浦山论画·论气韵》）所谓"静"，实即是《文心雕龙》所谓的"虚静"，即是"疏瀹五藏，澡雪精神"，使心归于淳一而不杂塞。"虚静"时，才能让天机勃露，于无意中发挥最佳的气韵。

　　像以上这些张扬艺术灵思的论述，颇为鲜明地体现出中国文艺创作论中偏重于虚的特色。

　　主张虚实结合而又偏重于虚，在具体做法上有所谓"以虚用实"，即把实有的创作材料及创作主旨虚化成自由洒脱的艺术形象。如王骥德《曲律》中说："剧戏之道，出之贵实，而用之贵虚。""以实而用实也易，以虚而用实也难。"这些话大略可以理解为在戏曲创作时，对题材的处理要灵活，对主题思想的反映要含蓄，艺术形象要具有一定的不明确性和不可穷尽性。又有所谓"以实传虚"，即借实有事物的描绘，来表现灵虚的境界。如清人笪重光在《画筌》中说："林间阴影，无处营心；山外清光，何从着笔？空本难图，实景清而空景现；神无可绘，真境逼而神境生。"他认为"空"不好画，就求之于实景，实景处理得清虚玲珑，就可以体现出空景的意味，这就是以实传虚；"神"不好画，就求之于真境，真境描绘得惟妙惟肖，就可以领略到神境的韵致，这就是以形传神。像"阴影""清光"这类空如、神灵的境界，就这样通过虚实相生而巧妙地显现出来。这种虚实相生的手法，按明人李日华的说法就是"不系""不脱"，也就是"实者虚之"而"虚者实之"，"实者虚之故不系，虚者实之故不脱"（《广谐史序》）。按刘熙载论曲时的说法就是"破有、破空"（《艺概·词曲概》），按黄越论小说时的说法就是"无者造之而使有，有者化之而使无"（《平鬼传序》）。所谓"不系""破有""有者化之而使无"，就是以虚而化实；所谓"不脱""破空""无者造之而使有"，就是以实而写虚。前者就是以灵动的艺术情趣消解填塞板实的现象，后者就是用实有可感的景象表现出灵虚无形的机理精神。

强调虚的作用，进而则有以虚写虚，以无胜有的主张。于是就出现所谓"无弦琴""无笔画""无字文"之类说法。据说陶渊明备有一张"无弦琴"，由于他的抚琴意在琴中之趣而不在弦上之声，故而琴弦也就可以不要了（萧统《陶渊明传》）。布颜图在《画学心法问答》中认为山水之间的"烟光云影"、晦暗中的"气"或隐约间的"神"，要用"无笔之笔""无墨之墨"来表现。"无笔之笔，气也；无墨之墨，神也"，这就是要求用主观的"气""神"来表现客观的"气""神"，试图"以气取气"，也就是以虚写虚。金圣叹在《水浒序一》中把文章的最高境界称为化境，这就是"纸上无字、无句、无局、无思"，而又能让读者的心头眼底"窨窨有思、摇摇有局、铿铿有句、烨烨有字"的绝妙之境。在他看来，用避实就虚的办法，就可以把一些幽微难明的文章精髓留在文字之外，让读者去想象，去创造。故而他又说："自古至今，无限妙文必无一字是实写。"妙文不用"实写"，那就是用"虚写"了，用他的话来说，也就是"当其无处而后翱翔、而后排荡"（《西厢记·请宴》小序）。"当其无"一辞见于《老子》，其第十一章云："三十辐共一毂，当其无，有车之用。埏埴以为器，当其无，有器之用。凿户牖以为室，当其无，有室之用。故有之以为利，无之以为用。"老子此处以房间、陶器为喻，说明事物之"无"处比"有"处更具有本质意义，人们往往是借"有"的条件以实现"无"的根本作用，就如人们可以通过"有形"的墙壁门户以获得"无形"的房室空间的作用。在金圣叹看来，只有于"无"处而逞"翱翔""排荡"之能的，才是文艺创作的真正神妙之笔。这也是在试图说明以无用有的道理。这些较为极端的主张，作为一种理想，很有启发作用。不过在艺术创作实践中却要注意克服率意虚空的做法。

五、寻找韵外之致

值得注意的是中国艺术家对韵外之致的追求。

　　司空图谈诗,讲究象外之象、景外之景、味外之旨、韵外之致。他以饮食作喻,认为"醇美"应在"咸酸之外",就叫作"味外之旨"。他在论景象时则引述这样的话:"诗家之景,如蓝田日暖,良玉生烟,可望而不可置于眉睫之前也。"这也就是"景外之景"。(《与极浦书》)

　　味外的美味,可体会而不可真尝,非一般之"味"可言,故而可称之为"无味"。景外的妙景,可领悟而不可真见,又非一般之"迹"可言,故而可称之为"无迹"。元人戴表元有一段妙解:"酸咸甘苦之于食,各不胜其味也,而善庖者调之,能使之无味……风云月露、虫鱼草木以至人情世故之托于诸物,各不胜其迹也,而善诗者用之,能使之无迹。"他认为"无味之味食始珍""无迹之迹诗始神"。(《剡源泉戴先生文集·许长卿诗序》)

　　这种难以言传的"言外"意蕴大概是司空图所最为向往的诗意,故而他在《诗品》中又提出:"超以象外,得其环中"(《雄浑》),"不着一字,尽得风流"(《含蓄》)。要求诗人克服质实追求灵虚,要求在字面形迹之外,寄寓诗人的才思志趣。

　　司空图引《庄子》"得其环中"四字,其意犹言"在空无处得到",故清人孙联奎《诗品臆说》举例说:"人画山水亭屋,未画山水主人,然知亭屋中必有主人也。是谓'超以象外,得其环中'。"这也正是"不着一字,尽得风流"的意思。"不着",

意谓不黏着、不留痕迹。司空图认为"含蓄"的诗歌有一好处，就是在诗句字面上无色相痕迹可求，却能充分深刻地显示事物的风貌、诗人的意趣。故而孙联奎说："不着一字，即超以象外；尽得风流，即得其环中。"《诗品·含蓄》中又说："浅深聚散，万取一收。"意谓世事众象，犹如"海沤""空尘"般或浅或深、时聚时散，纷纭繁复，但只要"万取一收"，就可以映现出变幻无穷的世象。孙联奎解释"万取一收"云："万取，取一于万，即不着一字；一收，收万于一，即尽得风流。"这也正是"含蓄"的妙处。

一之于万，其有深意在焉。《老子》云："道生一，一生二，二生三，三生万物"（四十二章），"万物得一而生"（三十九章）。"一"是宇宙开初的混沌未分者，是万物得以发生的原初存在。故《庄子》云："一之所起，有一而未形，物得以生。"（《天地》）《淮南子》云："一也者，万物之本也。"（《诠言训》）《列子》云："一者，形变之始也。"（《天瑞》）一是整体，是全部，是混一未分者。"万"则是由一裂变生化而成的各种器物事象。一与万的关系即是整体与部分、一般与个别、本体与现象之间的关系。故而一中有万，万中有一。认识事物不在乎万、不在乎多，得一得全即足矣。佛家教义中亦有"一中有万""一即一切"的说法，所谓"于一法中解众多法，众多法中解了一法"（法顺《华严五教止观》引《华严经》），"于一毫端现十方刹，坐微尘里转大法轮"（《楞严经》），即是此种意义。古代文人就以"一与万""一与多"来说明艺术创作中以一统众、因小见大的道理。司空图称"万取一收",明代李贽则称"小中见大,大中见小"(《焚书·杂说》),沈颢称"一墨大千"(《画麈》),杨慎称"挥纤毫之笔,则万类由心;展方小之能,而千里在掌"(《画品》),说法不一,其意相通。明末曲家袁于令以"采菌"比喻作文云:"善采菌者,于其含苞如卵,取味全也。至擎张如盖,昧者以为形成,识士知其神散……文章以无尽为神,以似尽为形。袁中郎诗有'小石含山意'一语,予甚嘉之。"(《为林宗词兄叙明剧》)袁于令认为小而元初的事物能涵养全神,若大而开张的事物,反而可能令神散而不全。他主张艺术创作应追求以一胜多,以神胜形,以无尽胜有尽。清代画家石涛有"一画"之说:"一画者,众有之本,万象之根……立一画之法者,盖以无法生有法,以有法贯众法矣。"(《画语录·一画章》)他创立"一画"的理论,是要研究绘画的根本大法。他自称"一画"是一个"深入其理,曲尽其态"的"洪规"。"深入其理",即通向至道;"曲尽其态",即达于万象。石涛又说:"我有是一画,能贯山川之形神"(《山川章》),"夫一画含万物之中"(《尊受章》),"以一画测之,即可参天地之化育也"(《山川章》),都是说明一与万、一法与众法、一画与亿万万画之间的关系。他认为画家的心灵不应为具体琐碎的万物形器所掩蔽,而应从整体上确立"一画之法",以此获得创作的精神自由:用无不神而法无不贯,理无不入而态无不尽。这就是所谓"一画之法立，而万物著矣"（《一画章》）。

由此可知，艺术创作并不贵在晰毛辨发，巨细毕现，而贵在神满意足，以少胜多，以无胜有。许多至味大美应当在文字形迹之外去追求。这也就是司空图所标举的"含蓄"之意。

像司空图所论的"不着一字，尽得风流"，如此妙不可言，自然会有历代谈艺家的无穷回响。诗论家如宋人欧阳修《六一诗话》引梅尧臣云："必能状难写之景如在目前，含不尽之意见于言外，然后为至矣。"严羽《沧浪诗话》云："盛唐诸人惟在兴趣，羚羊挂角，无迹可求。故其妙处透彻玲珑，不可凑泊，如空中之音，相中之色，水中之月，镜中之象，言有尽而意无穷。"姜夔《白石道人诗说》云："语贵含蓄，东坡云'言有尽而意无穷'者，天下之至言也……句中有馀味，篇中有馀意，善之善者也。"清人王士禛为"神韵"说张本时云："或问'不着一字，尽得风流'之说，余曰：……诗至此，色相俱空，政如羚羊挂角，无迹可求，画家所谓逸品是也。"（《分甘馀话》卷八）

画论家如明人沈颢《画麈》主张作画芟洗繁密以求深永，"味外取味"，"恍疑画中有物，物中有声"。清人恽寿平《南田论画》云："今人用心在有笔墨处，古人用心在无笔墨处"，"天外之天，水中之水，笔中之笔，墨外之墨，非高人逸品，不能得之，不能知之。"石涛《画语录》更有"蒙养"与"生活"一说："墨之溅笔也以灵，笔之运墨也以神。墨非蒙养不灵，笔非生活不神。"

他认为笔墨之外有神灵与妙境，这就是"蒙养"与"生活"。"蒙养"是一种返璞归真的蒙童真趣，"生活"是天下万物的鲜灵动态。得蒙养则有拙朴浑脱的空灵感，得生活则有栩栩如生的神妙感。石涛主张墨灵而笔神，在笔墨之外表现山画家的无限意趣和精神光彩。

今人钱锺书在论及"韵"的时候，有一段概括性的话："取之象外，得于言表，'韵'之谓也。曰'取之象外'，曰'略于形色'，曰'隐'，曰'含蓄'，曰'景外之景'，曰'馀音异味'，说竖说横，百虑一致……'神韵'不外乎情事有不落言诠者，景物有不着痕迹者，只隐约于纸上，俾揣摩于心中。以不画出、不说出示画不出、说不出，犹'禅'之有'机'而待'参'然。"（《管锥编》第四册）

这种如同"禅机"的玄妙境界本来就与老庄道学、魏晋玄学境界相通无间。魏晋时许多文艺家接受玄学宇宙观，常在文艺生活中表示言外之意、弦外之韵的兴趣。如阮籍云："余以为形之可见，非色之美；音之可闻，非声之善。"这是在追求色外的美形和声外的善音。诗人而兼音乐家的嵇康特别着意于音乐的效果。他在四言诗中说："操缦清商，游心大象。"在《养生论》中也说，"蒸以灵芝，润以醴泉，晞以朝阳，绥以五弦，无为自得，体妙心玄。"这都是说借音乐（"五弦""清商"）来达到"大象""妙玄"的境界。他另有名句云："目送归鸿，手挥五弦，俯仰自得，游心太玄。"（《四言十八首赠史秀才入军》）这是一种典型的境界，弹琴之人，意在弦外之韵，神情自得，游心于广袤的太空之中，往而不返。故"神韵派"诗家王士禛评此诗云："'手挥五弦，目送归鸿'，妙在象外。"（《古夫于亭杂录》）

　　魏晋人所渲染的这种境界为后来许多琴家所极力追求。明人杨表正《弹琴杂说》如此描述鼓琴的佳境："值二气高明之时，清风明月之夜，焚香静室，坐定，心不外驰，气血和平，方与神合，灵与道合。"徐上瀛《溪山琴况》则云："求之弦中如不足，得之弦外则有馀。"并且写出了"得之弦外"的一番妙境："其有得之弦外者，与山相映发，而巍巍影现；与水相涵濡，而洋洋恍恍。暑可变也，虚堂疑雪；寒可回也，草阁流春。其无尽藏，不可思议，则音与意合，莫知其然而然矣。"由此亦可见，中国传统音乐注重玄奥的哲理效果，常常以淡远的韵致启引人的无限神往和不尽玄思。

　　若以绘画为例，则历代杂著记述画家作品，亦常常涉及象外韵致。如《太平广记》记张萱的《乞巧图》《望月图》谓"皆纸上幽闲多思，意馀于象"；张彦远《历代名画记》论吴道子作画则谓"意在笔先，画尽意在也，虽笔不周而意周也"。清初画家戴苍善于画肖像，他自称为人写照的技巧云："于静处得什三，于动处得什五，于有意属笔时得什七，于偶一触目焉而具相貌于胸中者得什九。"又说，"貌本圆而以方写之，貌本长而以短写之；写者方、短，而肖者圆、长。"作肖像原旨在画人之静貌，戴苍反多得力于动态，而且以"妙手偶得"为最佳；画肖像原求其貌似，戴苍笔下反多得力于"扭曲"，以不似求似。这究竟是什么道理呢？当时人方拱乾说："是所谓神也，诗文诀也。"这也正是作诗文时所谓的"神在笔先、在文字外"。"以动写静，以方短写圆长"的妙处亦在此。（见《尺牍新钞》二集载方拱乾《与田雪龛》）近人宗白华在比较中国画与西画之不同时，曾如此阐述中国传统绘画的艺术精神："中国画与西画不同，不在刻画凸凹的写实上求生活，而舍具体、趋抽象，于笔墨点线皴擦的表现力上见本领。其结果则笔情墨韵中点线交织，成一音乐性的'谱构'。其气韵生动为幽淡的、微妙的、静寂的、洒落的，没有彩色的喧哗炫耀，而富于心灵的幽深淡远。"

千古诗心，总在寄意遥深，以有尽求无穷。于是，大家都要寻求弦外之音、韵外之致。诗人如此，艺术家亦如此。

六、溯源析流

中国艺术家创造追求中富于虚虚实实的辩证精神，其渊源深远。即使像素以注重有为、务实为特色的儒家先哲，在认识"美"的时候，其话语中也是渗透着虚实互化的色彩的。《孟子·尽心下》云："充实之谓美，充实而有光辉之谓大，大而化之之谓圣，圣而不可知之之谓神。"把美看作是内心修养充盈的结果，而且认为还有更高层次的境界，这就是"大而化之""不可知之"的出神入化境界。这一种"大""圣""神"的境界自然是一种"虚化"的精神境界。在对"神化"的认识领域，孟子的话与庄子颇有相通之处。

在艺术上讲究虚实结合并强调虚的作用，主要是老庄思想对艺术精神影响的结果。老庄哲学可以说是"以虚为本"。《老子》中说："天下万物生于有，有生于无。"按老子的说法，"道"正是无形无名的"无"。《庄子》中也说："夫道，有情有信，无为无形，可传而不可受，可得而不可见。"（《大宗师》）可见，在老庄哲学中无为无形的"道""无"是认识的最高境界，是本体。由此类推，真正的美的本质也应该是"道"是"无"，而五官所能感知的所谓声色之类，只是事物的现象，并不是美的本质。故而《老子》云："知者不言，言者不知。"（《知北游》）庄子认为事物有"精粗"两个层次，"可以言论者，物之粗也；可以意致者，物之精也"，更有一个精粗之外的境界，那只能由气相通了，故而庄子又云："无听之以耳，而听之以心；无听之以心，而听之以气。"（《人间世》）按照老庄的认识，只有超越视听之区所能接触的形色名声之境，方能达到"大美"的境界。这就是老子所说的"大音希声""大象无形"，这也就是庄子所说的"至乐无乐"。庄子主张"视乎冥冥，听乎无声"（《天地》），要在眼看不见、耳听不到的地方体悟极玄极妙的"天乐"：这是和"道"相合为一，与"道"一样自然无为的、最高的艺术境界。在老子哲学中，还有"有无相生"的命题，说明了有与无相互依存相互转换的辩证关系。但由于老子的哲学以"无"为本，所以特别强调"无"的作用。庄子也是如此，他认为"泰初有无，无有无名"（《天地》），意谓"无"是宇宙的原始，是万物的根本。老庄以无为本的思想，在魏晋玄学中得到进一步发展，成了玄学的重要部分。如王弼《老子注》有云："无形无名者，万物之宗也"，"天下之物，皆以有为生，有之所始，以无为本。"何晏《道论》亦云："有之为有，待无以生；事而为事，由无以成。"这些"贵无"论者总是祖述老庄，认为"无"是"有"的根本，是天地万物的精神本原。

文艺虚实论的形成与佛家思想也有关。佛家指超乎色相现实的境界为"空"，认为世界一切现象都有它各自的因与缘，事物本身并不具备任何常住不变的个体，也不是独立存在的实体，故而称之为"空"。东晋著名佛教学者道安以"玄"解"佛"，用玄学家王弼、何晏的"贵无说"去理解和宣扬佛教般若学，也主张"无在元化之前，空为众形之始，故谓本无"（《名僧传昙济传》引《七宗论》），把"空""无"看作事物的本体、宇宙的最后本原。僧肇在所著《不真空论》中则提出非有非无说，认为万物既是有，亦是无，强调有与无的互相依存互相转化的一面。这些佛学教义与以后各种佛学流派的教义命题，也常常被引进文艺美学中来。佛家以水月镜花的虚妄不实，喻指诸法的缘起无自性的本质。诗家以禅喻诗，亦常常借用此类比喻，如严羽《沧浪诗话》就以"水中之月，镜中之象"比喻盛唐诗歌"透彻玲珑，不可凑泊"、"言有尽而意无穷"的妙处。谢榛《四溟诗话》亦云："诗有可解、不可解、不必解，若水月镜花，勿泥其迹可也。"佛家有"不即不离""诸相非相"的说法。如《圆觉经·上》云："不即不离，无缚无脱。"《金刚经》云："如来说：一切诸相，即是非相。"王骥德《曲律》则借以论曲云："不贵说体，只贵说用。佛家所谓不即不离，是相非相。只于牝牡骊黄之外约略写其风韵，令人仿佛中如灯镜传影，了然目中，却摸捉不得，方是妙手。"王士禛论诗亦主张"须如禅家所谓'不粘不脱，不即不离'乃为上乘"（《跋门人黄从生梅花诗》）。这些话都是借用佛教用语喻指文艺创作中既不着迹，又不离题的境界，其中充溢着虚实结合的精神。"是相非相"还可产生艺术的特殊的"朦胧美"，即所谓"了然目中，却捉摸不得"。这种诗境，犹如空中音、水中月、镜中花，闻而不真，见而无实，知而未识，总在若有若无之间，也就自然达到超越、飘逸、灵虚的境地。"不即不离""不粘不脱"，又产生出"不系不脱""破有破空"的说法。

文艺虚实论有一个发生形成和不断演变的过程。

《老子》言"虚"，用以形容道的境界："致虚极，守静笃"（《十六章》），"虚而不出，动而愈出"（《五章》）。《庄子·人间世》中有一句名言："唯道集虚。虚者，心斋也。"西晋郭象注云："虚其心则至道集于怀也。"庄子是认为人达到无思无虑无名无待的虚寂状态，道便可以从内心体现出来。他又有言曰"虚室生白"，也是说心灵虚寂，则能悟道。但在老庄言说中，还没有把虚与实相对地提出阐述。明确提出"虚实"这一相对概念的，首先是《孙子兵法》。相传为春秋时孙武所著的这本书用虚实来论用兵谋略："善用兵者，以虚为实；善破敌者，以实为虚。"此处所揭示的虚实关系，却具有普遍意义，亦可启发艺术创作中的辩证精神。《淮南子·原道训》已将有无虚实相联系而论："无形而有形生焉，无声而五音鸣焉，无味而五味形焉，无色而五色成焉，是故有生于无，实出于虚。"这段话犹如引渡之舟，将老庄有无论自然地过渡到文艺虚实论。

魏晋文论开始着意于把有无、虚实概念引进审美理论中。如《文赋》提出"课虚无以责有，叩寂寞而求音"，《文心雕龙》则提出"规矩虚位，刻镂无形"。在隋唐的书法艺术论中，已较自觉地运用虚与实分析汉字的结构艺术，提出"疏密停匀""避密就疏"等要求（《三十六法》）。至于唐人论诗，谈象外之境的已大有人在，如刘禹锡说"境生于象外"（《董氏武陵集记》），司空图说"超以象外，得其环中"。到了宋代，论画者多考究构图的疏与繁，描绘的形与神等关系，论诗者则多考究言有尽而意无穷。范晞文还着重阐述了虚实转化问题，主张通过有形的景物描写表现无形的思想感情。广泛运用虚与实来论述艺术美学的是在明清时代。这时，不仅虚实论所涉及的各种意义都已全面展开，而且还派生出许多新的概念来。例如：在诗文方面，谢榛认为艺术创作与现实生活之间应保持"近而不熟，远而不生"的距离；刘熙载从艺术风格的角度提出"空灵""结实"相统一的看法。在小说戏曲方面，王骥德论曲时要求"不贵说体，只贵说用"，意谓作品主题要隐而不言，而把功夫用于具体形象的刻画上；王希廉论小说时阐明假与真的关系："《红楼梦》一书，全部最要关键是'真假'二字。读者须知，真即是假，假即是真；真中有假，假中有真；真不是真，假不是假。"（《红楼梦总评》）在书画方面，唐志契从藏与露的关系上论述虚实结合问题："善藏者未始不露，善露者未始不藏。藏得妙时，便使观者不知山前山后，山左山右，有多少地步。"（《绘事微言》）方士庶为说明心与物之间的虚实关系，而有实境与虚境一说："山川草木，造化自然，此实境也。因心造境，以手运心，此虚境也。虚而为实，是在笔墨有无间衡是非、定工拙矣。"（《天慵庵笔记》）孔衍拭明确提出实笔与虚笔："山水树石，实笔也；云烟，虚笔也。以虚运实，实者亦虚，通篇皆有灵气。"（《画诀》）主张通过"以虚运实"，使画面呈现空灵超脱之气。丁皋则注重用阴阳比较的方法描绘天地万物的形象。从这些例子中即可看出，明清人谈论文艺创作的虚实时，又出现了诸如熟与生、空灵与结实、体与用、假与真、藏与露、阴与阳等许多有关艺术美学的两两相对的概念。

对艺术创作中虚实关系认识的不断深入与拓展，使中国艺术产生了一些与此有关的美学特征。讲究"化实为虚"，在艺术创作中就注重主观情思的表现，而并不执着于对事物皮相的客观再现，如绘画中主张"借笔墨以寄吾神"（张式《画谭》）。讲究"以实写虚"，表现在艺术创作中就是注重比兴，注重艺术形象的象征意义。如戏曲中的"以鞭代马"，绘画中的以菊竹梅兰"四君子"而象征人品情操。以上两点又逐渐形成了"写意"的观念，如中国画中的"写意画"越来越见重于世，而中国戏曲更是成了风味独异的"写意"的戏剧。由于中国艺术讲究虚实相生，故而特别注重含蓄蕴藉，讲究"不迫不露"而有"馀蕴"（张戒《岁寒堂诗话》），主张"妙在含糊""若有若无为美"，欣赏某种朦胧的美感。又由于在"虚实"的关系上常常偏重于"虚"的张扬，于是在艺术创作中又特别注重不着迹象、超逸灵动之美，有人称之为"空灵"，有人称之为"化境"。这些创作追求，都成了中国艺术的精神特征。

一九九六年九月

钢天经营

振古衣冠

博洽通雅　学人风度

——叶长海先生的治学历程

刘　庆

　　一九七九年秋初，甫过而立之年的叶长海先生走进上海戏剧学院，成为该校培养的首批硕士研究生。出生在浙江温州的叶先生此前做过小学老师，又在中学课堂上教了十几年的文史和音乐。这位看似并不起眼的学生在研究生入学面试时却引起以严谨著称的主考陈多先生的注意，他称许说："这个考生，读过很多书。"近三十年以后，陈先生对自己这位入室弟子的评语是："青出于蓝而胜于蓝。"

　　叶长海先生的治学历程大略可分为三个阶段，在 20 世纪 80 年代初期对王骥德《曲律》研究使他获致学界的广泛关注，随后他对中国戏剧学和曲学理论的精深阐发奠定了他在戏曲理论界的重要地位，近年来叶先生的学术兴趣则围绕近现代中国戏剧学研究状况、戏剧艺术的演出与文本关系等课题展开。

"这是一篇近年难得看到的、高质量的论文"

　　赵景深先生在为《王骥德〈曲律〉研究》所写序言中做了如是评价。我们只有了解一九八一年前后中国研究界在沉寂多

年后取得的卓然成绩以及赵先生臧否学问的严格态度，才能体
会这句话的分量。这篇长达十二万字的文章是叶长海先生的硕
士毕业论文，也是他两年间足不出户、精心结撰的成果。该论
文于 1983 年出版，次年即获得"首届全国戏剧理论著作奖"。

　　王骥德在戏曲理论史上的重要性现今已是众所周知，但在
叶先生之前，还没有人如此系统、深入地研究过这位晚明曲家。
王氏所著《曲律》是中国文艺理论批评史上第一部门类详备、
见解精湛的曲论专著，对它进行系统的研究需要理其源头，析
其内核，观其影响，是一项艰巨的工作。叶先生从徐渭的"本
色"说、李贽的"化工"说、汤显祖的"言情"说、沈璟的"格
律"说到吕天成的"双美"说等多种理论源流考察催生《曲律》
成熟的思想背景；由"风神""人情""虚实""本色"等角
度阐释王氏的戏曲创作观；通过《琵琶》《拜月》优劣、"关
马郑白"地位及沈璟和汤显祖风格等话题概括《曲律》的作家
作品论特色；并就其声律论和修辞论这样"一个棘手而危险的
问题"[1]进行了深入的介绍和评价——这也得益于他早年在温州
师从郑孟津先生研习曲牌、音律时所打下的坚实基础。

　　此外，叶先生由现存很少的资料中考述了王骥德的生平、
行实、著作，包括家庭、师友、社会等因素对其文艺观念、人
生态度的影响以及《曲律》一书的写作过程，其中对万历年间
戏曲创作流派的分析更显示出他独到的学术眼光。叶先生在此
问题上对吴梅、周贻白等前辈学者的观点进行了修正，提出汤

1　叶长海：《王骥德〈曲律〉研究》，中国戏剧出版社，1983 年，第 94 页。

显祖的创作虽有其独特的成就与风格，但并没有形成一种流派。当时除"昆山派""吴江派"外，尚有另一"越中派"。该派主要成员有史槃、王澹、叶宪祖、吕天成等，王骥德本人也是这一队伍里的中坚人物。"越中派"的特点体现在一是代表人物多为"专业作家"，作品数量可观；二是对沈璟和汤显祖的戏曲主张综合吸收，对戏曲理论的建设做出了重要贡献；三是其创作"既非常重视剧本的演唱价值，又十分注意剧本的文学价值"[1]。叶先生当时还是一位初出茅庐的青年学者，他的这些总结不仅是重要的学术创见，且立论有据，言之成理，得到了学界的认同。

叶先生治学，即便以某一课题为研究对象，也能辅之开阔的视野和全局的观念，并善于将纵横两个维度的散漫史料综合而成系统，识见精深，持论公允，这在对王骥德《曲律》的具体内容进行探索时已表现得十分明显。以"风神"论为例，叶先生首先对王氏本人的观点做了精彩的阐释，他指出王氏所倡导的"风神""首先注重于对作品精神力量的追求，兼及对表现风貌的注重，它追求的是作品内容与形式融合后的艺术感染力"。进而他考察了"风神"与庄子寓言、古代诗论中的灵感说、李贽的"化工"说及中国画论的"气韵生动"说之间的关系，并将其与汤显祖的"意趣"、凌濛初的"天籁"等概念进行了比较，认为"风神"的内涵与李渔的"机趣"说最为相似，后者是对它最直接的继承。而标举"风神"在当时剧坛道学气弥漫、堆

1　叶长海：《王骥德〈曲律〉研究》，中国戏剧出版社，1983年，第18页。

垛雕琢之风大盛之际，"对于矫正曲坛陋习是很有意义的"[1]。

又如"本色"论，叶先生重点研究了嘉靖以降多位理论家关于这个问题的见解，概括其特点为：何良俊是以语言通俗为重的本色派；徐渭是以表现真我为宗旨的本色派；沈璟是以讲究当行为特色的本色派；吕天成是以综合各家之说为特点的灵活的本色派；王骥德本人则既强调语言通俗（"入众耳"），又符合戏曲创作的特点（"认路头"），作曲应达到"恰好"的境界，并包含丰富的舞台性（"当行""可演可传"），是"本色"论的集大成者。基于王氏"本色"论的复杂与精妙，叶先生认为，它构成了整个《曲律》的戏曲创作理论的核心[2]。至于"当行"一项，叶先生赞同前人关于李渔戏剧结构论对王氏的多方面继承的论述，类比了两者间的异同，并提出了自己的新观点，认为王氏谈戏曲结构时注重"气"——潜在精神——与戏剧节奏之间的联系，对重点场子要"重著精神，极力发挥使透"，亦为符合戏曲舞台艺术特质的精辟见解，而这两点在李渔那里并没有得到充分的发挥[3]。

不难看出，叶先生对王骥德是充满兴趣和敬意的，但这并没有影响他客观地评价这位历史人物，在论文的许多章节都能见到他对王氏观点的批评。如"风神"一说，叶先生便认为其"带有浓重的先验论和神秘主义色彩"，这在一定程度上使得《曲

1　叶长海：《王骥德〈曲律〉研究》，中国戏剧出版社，1983 年，第 33—34 页。

2　同上，第 56 页。

3　同上，第 59 页。

律》的某些理论环节缺少科学性和明确性[1]。尽管王氏的作家作品论有诸多理论精华可以吸收，尤其是"撰曲论专著，以'戏曲'的眼光来评论戏曲剧本，在王骥德之前未曾一见"，但叶先生也透彻地指出：

> 王骥德是这样的人物：他一只脚跨进舞台艺术"当行"的广阔天地中，而另一只脚却还留在大雅之士的小宝塔里。因而，稍向前挺身，就能以舞台艺术的要求来批评文士的理论与评论的不合"当行"；而稍一回头，则又流露出与刚才所批评的文士相同的趣味来，如斤斤于一字一韵的敲打，津津于一曲一句的品味[2]。

唯有饱含学术兴趣，故能以极大的热情投入研究；同样，唯能冷静客观，故其见解不偏不倚，评价中肯。《王骥德〈曲律〉研究》这样一本薄薄的小书，至今读来依然让人获益良多，这应是其中一个重要的原因。

《中国戏剧学史稿》

获得硕士学位后，叶长海先生留校任教。一九八六年他的《中国戏剧学史稿》一问世，便引起了海内外戏曲理论界的极大关注。

叶先生在毕业之初就开始撰写这部五十多万字的大著，前述关于王骥德的研究构成了其中的一个环节。与常见的戏曲理论史不同，这本书以"戏剧学"的观念统驭全局，内容包括从

---

1 叶长海：《王骥德〈曲律〉研究》，中国戏剧出版社，1983 年，第 35 页。

2 同上，第 71 页。

先秦到近代的戏剧理论、戏剧评论、戏剧技法、有关戏剧历史的论述、戏剧资料五个方面，讨论范围几乎涉及中国古代戏剧理论界所有重要的人物和典籍。

本书何以"戏剧学"名之？叶先生有如下解释：

> 我们之所以要从"戏剧学"这一观念上来观察中国古代的戏剧研究，就是试图从总体上把握中国古代戏剧研究成果的全貌，尽可能较全面地反映出古代戏剧研究的内容及写作方式的多样性，而不只是着眼于几部"曲话"的介绍；尽可能从戏剧艺术的诸因素（剧本剧作、表演、剧场效果等）出发揭示中国古代戏剧研究的发展轨迹，而不是局限于对曲文创作法（亦即传统"作曲"法）的孤立的研求[1]。

可见，该书是试图建立中国戏曲理论史学和中国戏剧学的系统之作，其理论特色鲜明：一是全面地探讨中国古代戏剧研究的状况，二是突出戏曲艺术本体要素如剧本、表演、音乐、歌唱、舞台、剧场等的核心地位。

从宽泛的意义上说，中国古代戏剧学几乎是与中国戏剧同步演进的。叶先生将这一漫长的历史过程划分为五个时期，并洗练地归纳了每一时期的研究特征。第一时期，自先秦至宋代，是孕育发生期。《乐记》和对各种演出活动的记录及诗文杂咏对戏剧的涉及构成了这个时期戏剧研究的主要内容；第二时期，自元代至明前期，是全面展开期。对演唱原则及技法的论述、

---

[1] 叶长海：《中国戏剧学史稿》，上海文艺出版社，1986年，第2页。

对声律和北曲创作技法的研究、对演员生活的叙录、对杂剧作家及剧目的记载、对作家风格及作曲谱律的研审等为戏剧学研究提供了多方面的资料、经验和成果；第三时期，自明中期至明晚期，是高度发展直至高潮期。当时理论研究首先着重解决了戏剧的地位问题，随后以戏剧评论为主要形式，以戏曲创作论的辩争为核心，曲学研究蔚然成风；第四时期，自清初期至清中期，是全面深入开掘期。在明代积累的材料和理论的基础上，通过对戏剧创作和演出实践的考察，对戏剧艺术规律作了更深入的探索，并且注意力更多集中在舞台艺术的研究上；第五时期，清晚期，是徘徊、贫困期。主要致力于前代研究成果的集成总结。这样的概括，清晰地勾勒出了古代戏剧学历史的轨迹。

在这本中国戏剧学史的奠基性的著作里，叶先生对于所涉典籍的全面驾驭与对具体问题的深入分析结合得圆通自如，并就许多重要理论课题发表了精彩的见解。如谈及汤显祖的戏曲理论时，叶先生细致分析了汤氏所撰写的剧本题词、书信和戏剧专论。从"四梦"题词与"四梦"的写作特色的联系中，他归纳出汤显祖创作思想的历程；并就汤氏论曲的书信中对有关"四梦"演出指示、作剧缘由、创作主张等内容进行了阐发；从汤氏所撰著名的《宜黄县戏神清源师庙记》（简称《庙记》）里，叶先生探究了汤氏有关戏剧的产生和发展、戏剧的力量和作用、演员的修养和表演等论点。此外，叶先生专门提出汤显祖戏曲理论中的两个重要观念加以详细讨论：一为"情"，二为"意趣神色"。

一般认为，汤氏所强调的"情"，是与"封建的理"相对

立的"反封建的情"，是进步思想家反对程朱理学、摆脱礼教
束缚的呼吁在文艺界的回响。叶先生则从艺术创造的角度进行
了新的阐释。他认为，"理"是客观事理，"情"是主观情思。
在汤显祖的观念中，艺术创作是允许按照作者的意愿和情感的
逻辑来结构戏剧的，而不能以事物的"常理"来衡量评判，在
需要时是可以上天入地、出生入死的。因而，这番"情""理"
之辩，"实际上是他对艺术创作规律的一种认识，我们还可以
理解为这是他关于浪漫主义创作原则的宣言"[1]。二十多年前叶
先生提出的这些观点，代表着一种摆脱常见的从意识形态角度
来评价文艺思想的新思路，至今仍有启发意义。

　　汤显祖在创作中十分强调"意趣神色"，叶先生强调这四
项内容是密不可分的灵活的概念。至于汤氏在艺术形式上将文
学性放在歌唱性之前，并发表"不妨拗折天下人嗓子"这样引
起极大争论的观点，叶先生认为"其意义主要在于提出了一种
不同凡俗的创作追求，而并不在于是否已对某一种理论作出严
谨的科学总结"。事实上，汤显祖不仅努力在创作"场上之曲"，
并曾直接对"四梦"的演出作过指导，素来注意对曲牌音乐的
揣摩与驾驭。汤氏的感叹，"表达了他对因按字摸声而带来'窒
滞迸拽之苦'的无法容忍，也充分表明了他在创作中不受拘束
的自由个性和浪漫主义精神"[2]。

　　与王骥德相比，叶先生对于汤显祖的钦敬之心要更胜许多，

1　叶长海：《中国戏剧学史稿》，上海文艺出版社，1986 年，第 139 页。
2　叶长海：《中国戏剧学史稿》，上海文艺出版社，1986 年，第 142—144 页。

但他对汤氏言论中的偏颇和弱点并没有视而不见。他指出："我们从理论上肯定了汤显祖的声律论的可取之处，却并不认为他是一个十分精通'声音之道'的曲律学家"[1]。而《庙记》中对有关教化内容的理解，最终并没有也不可能彻底摆脱封建道德观念的范畴，并且"显然过分夸大了艺术的社会功利作用。因为艺术毕竟不是治理社会的万能物"[2]。

王国维的《宋元戏曲史》被叶先生称为"戏曲史科学研究的开山之作"[3]。他对这位学术大家在戏曲理论研究领域的卓越功绩进行了详尽的评述，所归纳的王氏的重要发现十分精当。叶先生指出，王氏所称的"戏剧"与"戏曲"含义不同，前者是表演艺术概念，指演剧；后者是文学概念，指戏剧作品。所谓"真正之戏剧"的标准是"必合言语、动作、歌唱以演一故事"，这划出了戏剧艺术与其他表演艺术（如歌唱、舞蹈等）的界限；所谓"真正之戏曲"的要求是"代言体"，这就把戏剧作品与其他文学作品（如诗词、说唱文学等）区别开来。因此，"这是对中国戏剧研究中的两个重要观点"[4]。明清曲论中关于戏剧起源的文字抽象而简单化，对其如何演变的具体过程也语焉不详。叶先生认为，王国维将中国戏剧的起源看作"是一个逐渐完成的流动的过程"，"围绕着戏剧与戏曲两个方面进行历史的考察，而且广泛考察了与戏剧有关的多种技、艺的历史

1　同上，第 145 页。

2　同上，第 135 页。

3　同上，第 501 页。

4　叶长海：《中国戏剧学史稿》，上海文艺出版社，1986 年，第 494 页。

沿变，从它们的相互关系中分析戏剧作为一种综合艺术的发展规律"[1]，是戏剧研究方面的一个重大贡献。此外，王氏对于元杂剧的"意境""悲剧"价值的推崇，以及用简洁明晰的语言考定"诸宫调""赚词"这两种久为世人所不知的乐曲体裁等，也都具有创发性的意义。

同时，叶先生清楚地揭示王国维的理论局限。如王氏"始终没有超脱叔本华美学思想的圈子，因而只能仅仅以主观意志来分析悲剧性格的形成，而无法挖掘元代悲剧的深刻的社会意义"；又如，王氏执意坚持"北剧南戏限于元代"，无视明清两代戏曲的发展和成就，在对元代戏曲的艺术价值的分析评论中，也多止于文辞方面的欣赏，而对戏剧文学在结构特色、人物塑造、动作性、宾白等方面的突出成就，却都少有涉及，这显然是片面和不足的[2]。

由以上二例，可以看出叶先生在处理中国戏剧学的发展历史这一大型课题时展现出的博学多识及严谨态度，这是建立在厚实的学术积累基础上的。叶先生曾与陈多先生合作注释了《王骥德曲律》（1983 年）及《中国历代剧论选注》（1987 年），为其研究作了充分的准备。值得注意的是，他所讨论的除了周德清、魏良辅、李贽、沈璟、潘之恒、臧懋循、吕天成、金圣叹、李渔等著名人物外，还包括徐复祚、谢肇淛、张琦、卓人月、袁于令等并不为人们所熟知的理论家；他所关注的理论典籍有

1　同上，第 495—496 页。

2　叶长海：《中国戏剧学史稿》，上海文艺出版社，1986 年，第 500、502 页。

剧论专著、剧本评点、曲谱，也有序跋、书简、笔记、日记等多种类型。在当时，我们所熟悉的《中国曲学大辞典》《中国昆剧大辞典》及各省戏曲志都尚未面世。叶先生蜗居于学校狭小的寝室里，苦心经营，"仅为查阅一些序跋、评点资料，就奔走于各地图书馆，搜检抄录，费时甚多"[1]，研究工作之艰辛可以想见。令人欣慰的是，《中国戏剧学史稿》今天已是中国戏曲研究领域的经典著作和学人案头必备的参考书籍，"戏剧学"在学界也由一个陌生的名词而逐渐为人所了解，并成为包括综合性大学在内的许多高校争相开设的国家级重点学科。

剧学研究的深化与拓展

二十世纪九十年代，叶先生始终笔耕不辍。他回顾这段学术生涯时说："这期间我的工作方式或兴趣时有更移，但对中国戏曲现状的关注及对曲学、戏剧学的理论思考却从未间断。"[2]勤勉、深思孕育出丰硕的学术成果。十年间，叶先生相继出版了《戏剧：发生与生态》（1990年）、《当代戏剧启示录》（1991年）、《曲律与曲学》（1993年）、《中国艺术虚实论》（1997年）、《曲学与戏剧学》（1999年）等著作，并参与主持了《元曲鉴赏辞典》（1990年）、《中国曲学大辞典》（1997年）、《中国京剧》（1999年）等重要图书的编撰工作。

---

1 叶长海：《愚园私语》，河北教育出版社，2003年，第308页；《中国戏剧学史稿·再版后记》，中国戏剧出版社，2005年，第555页。

2 叶长海：《曲学与戏剧学》，学林出版社，1999年，第440页。

　　这一时期可以说是叶先生融会古今的学术收获期，他宏阔的理论视野在一系列研究课题中得以充分体现。以《曲学与戏剧学》为例，书中汇集了叶先生二十年间不同阶段的学术论文。叶先生在自序中首先界定了"曲学"与"戏剧学"这两个分别源于东西方的概念之间的关系，认为"戏剧学"除研究戏剧的艺术问题外，还要研究剧场演出活动中一些非艺术问题，如舞台建筑、剧场管理等；中国"曲学"着力甚多的是唱腔音律问题，两者"实则有着相对应而又相交叉的关系"[1]。在结构上，该书分《绪说》《曲学问题》《剧学课题》《名剧巡礼》《曲家新论》五编，探讨的内容既包括"曲与曲学""戏剧学""戏曲考""戏曲总体性"等宏观问题，也包括"明清戏曲与女性角色""曲牌腔源流""明清戏曲演艺论""沈璟曲学辩争录""对探索实验性戏剧的思考""戏剧经营简论"等微观话题。这些文章一方面延续了对中国古代戏剧理论的深入探索，同时也密切联系当代戏剧现状，具有鲜明的现实敏锐性。

　　进入新世纪，叶长海先生陆续担任着上海戏剧学院诸多重要职责，事务繁巨，但他仍以充沛的精力关注着"戏剧学"学科的新发展，并带领青年学人在学术领域不断开拓。二〇〇四年，他与学生合著的《插图本中国戏剧史》以丰富的史料、新颖的观点辅之以大量插图，精要地阐述了中国戏剧的演进历史，成为许多高校戏曲史课程的首选教材。他与学生主编的《魂牵昆曲五十年》一书收录了上海昆剧团蔡正仁、岳美缇、计镇华、

1　同上，第1—2页。

张洵澎、梁谷音、王芝泉、方洋、刘异龙、张铭荣九位昆曲表演艺术家的传记，内容从其少年学艺至今，均以实地采访材料整理而成，由此浓缩了昆曲艺术五十年的曲折历程，为研究当代昆曲史提供了宝贵的资料。二〇〇六年，叶先生担任主编的《二十世纪中国戏剧研究》一书出版，该书上编《戏剧研究史》为纵观，梳理了二十世纪戏剧研究的基本脉络；下编《戏剧专题研究》为横论，包括元明清分期研究、昆剧与京剧研究、傩戏与目连戏研究、少数民族戏剧研究、戏曲文物研究等。全书较为全面、系统地总结了最近百年间中国戏剧研究的总体状况及基本特征。叶先生将进行这项工作的目的明确为：

> 回顾一百年来中国戏剧演变之路，特别是理清这百年间戏剧界的种种争论的来龙去脉，剖析其中的是非曲直，以便于今人从中汲取历史的经验教训，更好地改善当今的戏剧创造实践及理论研究状态。同时借以告诫戏剧界，历史上有许多相似的转折时期，人们可能会遇到类似的困惑，请三思而行，不可再次误入歧途；亦可以提醒论者，要拓展新空间，寻找新思路，防止研究问题时的多次重复[1]。

该书由叶先生总体设计、结构及审定，是叶先生和他的学术团队近年完成的研究课题之一，此类团队型的科研实践不仅保持了学术梯队良好的延续性，也为剧学后进融入重要科研活动提供了机会。

戏剧艺术大多兼有剧本和舞台两种呈现形式，其深层的相

---

[1] 叶长海：《20世纪中国戏剧研究·前言》，福建人民出版社，2006年，第1页。

互依存和矛盾常常体现在文学性和舞台性之间的关系上。这在戏曲的传统语汇中，被称为"案头"与"场上"。两者之间的矛盾伴随着戏剧演变的绝大部分历史过程而存在，并始终引起争论，直至今天。叶先生自对王骥德《曲律》研究起就十分关注这一问题。在他看来，在戏剧实践中，要达到二者和谐统一的"双美"境界有相当的难度，但这又是戏剧家们应当追求的目标，因为任何一方面的偏颇都有可能导致不良的后果。正因如此，叶先生二〇〇八年就两部戏曲名剧主编了两本著作，一名《牡丹亭：案头与场上》，一名《长生殿：演出与研究》。前者收录多位学者论文二十四篇，论题均集中于汤显祖和《牡丹亭》，不仅有对剧本及历史文献的"案头"考察，如剧本主题、体裁、美学观念及文化底蕴等方面；同时，更有对剧场搬演的"活的艺术"的研究，如《牡丹亭》的昆剧演出流变、家班演出、园林演出、当代多版本演出比较等。后者围绕二〇〇七年五六月间上海昆剧团演出的全本《长生殿》编撰。全书分为三编：上编《剧人艺坛》，主要内容是此次演出的主创人员的创作体会，以及青年学人对主要演员的访谈；中编《演出评论》是文艺评论家、戏剧学者对此次演出的评说，涉及舞台艺术的方方面面；下编《旧剧新论》是戏曲史专家对原本《长生殿》及其作者洪昇的学术研究的最新成果。另有《附编》四篇，一篇是演出后所召开的学术研讨会的发言记录，其余三篇记录了此次昆剧全本《长生殿》演出在经营管理方面的一些尝试，这些篇章提供了此次演出的很有价值的相关材料。以上二书，显示出叶先生对于戏剧艺术演出与文本两大基本形式的重视，其内容对戏曲理论研究以及当前的戏剧创作实践，都具有直接的启示作用。

　　叶长海先生对于戏曲史的教学与研究工作倾注了大量的心力和深厚的感情。二〇〇九年，他主持的《中国戏曲史》入选"国家级精品课程"，有力地提升了戏曲史教学在国内高校课程建设方面的水准。二〇一〇年末，叶先生领衔组织申报了教育部哲学社会科学研究重大课题攻关项目《中华戏剧通史》(十卷本)，并担任首席专家，其学术团队涵盖了上海戏剧学院和全国各地戏剧学学科的著名学者。叶先生提出，在研究过程中应体现"上下延伸、横向会通"的特色，这一课题不仅注重文本，也注重演出；不仅注重汉民族戏剧，也注重少数民族戏剧；不仅研究金元明清，而且上自上古下至现当代，对于中国戏剧史研究的深度拓展具有重要的意义。

　　不言而喻，学科建设是高等院校办学的基石。叶长海先生身为上海戏剧学院国家级重点学科——戏剧戏曲学的学科带头人，始终为这一工作殚精竭虑，成就显明。近年来，他主持成立了上海戏剧学院曲学研究中心和戏剧学研究中心，创办了《曲学》《戏剧学》两本学术刊物，并主编了"中华戏剧学丛刊"（中华书局）、"中华戏剧史论丛书"（上海古籍出版社）、"国家重点学科戏剧戏曲学丛书"（上海远东出版社）三套丛书。正如《曲学》"发刊词"所言："本刊的宗旨就是要尽可能地包含有关曲学研究的各个领域，促使本学科研究在向狭义曲学深度开掘的同时，有效地开发广义曲学的研究空间。"[1]这些刊物及丛书以其广博的研究视野、深厚的学术内涵在学界产生了

_____

1　叶长海主编：《曲学》，"发刊词"，上海古籍出版社，2013年，第1页。

广泛的影响，为学人提供了体现戏剧学与曲学研究成果的良好载体。

二〇一六年一月五日，新年伊始，叶长海先生筹划主持的"纪念汤显祖逝世四百周年学术研讨会"在沪举行，拉开了纪念汤显祖系列活动的序幕。作为学界具有重要影响的标志性学术活动，此次会议提交的海内外学者的论文集中展示了近年来汤显祖研究的前沿性成果。其中有关于汤显祖生平事迹、"临川四梦"文本方面的探索，有关于"临川四梦"的传播史和演出史，也有对汤显祖诗文尺牍等多方面作品的拓展研究，以及由此展开的对汤显祖思想的深入探讨。

会上同时发布了由上海人民出版社、上海古籍出版社与上海戏剧学院联合推出的汤显祖作品整理与研究的著作《汤显祖集全编》《汤显祖研究丛刊》。前者是在已故汤显祖研究专家徐朔方教授笺校整理的《汤显祖全集》的基础上进行的全面增修，是截至目前唯一的汤显祖存世诗文、戏曲作品最为齐全的深度整理之作。后者由七种专著组成，包括《汤显祖论稿》《汤学刍议》《汤显祖大传》《汤显祖：戏梦人生与文化求索》等。作者均为海内外研究"汤学"的资深学者，分别从美学、史学、戏曲、社会等多角度探讨汤显祖作为艺术家、诗人、学者留给中华民族的文化遗产，代表着当前"汤学"研究的最高成就。两书的增修工作均由叶先生领衔承担。叶先生还专门就此在《人民日报》《文汇报》等报刊上发表了关于纪念汤显祖与莎士比亚的文章，深入地阐述了他的学术感悟。

　　学识富赡，志趣卓然，叶先生身上有着浓郁的中国文人气质，他对于音乐和诗词都怀有深厚的兴趣，他的二胡演奏甚至达到了相当专业的水准，并始终坚持旧体诗词写作，这也是他寄托情感的最佳方式。在最近创作的七律《回首》中，他写道：

> 检点从来百事疏，身随世运自乘除。
> 青春逐梦路千里，白首还家酒一壶。
> 未尽文章磨岁月，尚多生趣付江湖。
> 平居孰道东风老，更有秋怀在客途。

　　时光荏苒，叶先生进入学界已近四十年，即使在著作等身的今天，他投入于学术研究和学科工作的热情依然超过了许多年轻人。对于这样一位博学、睿智的学者，同行、同事和学生们都满怀敬意，并因他宽容敦肃的师德风范而深为感佩。

二〇〇九年一月初稿

二〇一七年四月增写

沉潜于艺术的学者

王淑瑾

自学成才，半路出家

浙江永嘉是中国南戏的故乡，宋代以来，永嘉地区人杰地灵，戏剧英才辈出。一九四四年五月，叶长海先生浸润着艺术精神出生于斯地。

谈起人生经历，叶长海老师总是说："我作学术研究是半路出家，从事教育才是少年功夫。"这也是一代中国知识分子在一段颠沛的历史中所遭逢的特殊际遇。他会笑着告诉学生，除了学龄前的孩子，他这一生的教授对象从小学生、中学生到博士生、博士后，真正是桃李满天下。

时间回到一九六二年。十八岁的叶长海从温州师范学校毕业，在故乡的小学、中学开始最初的教师生涯。工作没多久，一九六六年"文革"开始，有一段时间几乎是"停课闹革命"。叶长海老师曾经做过有七十五个中学生的班级班主任，并担任两个班共一百五十人的语文课老师。当时他年纪轻，劲头足，工作出色，不久被调去温州市中心的中学任教。一九六六年到一九七六年，叶老师的二十二到三十二岁，他做过中学历史老师、音乐老师和语文老师。真正的青春年华都被"文革"占据了，大学梦难圆。但从另一个角度看，叶老师和他的同龄人却读了一部最深刻的"历史剧"甚至亲历其中。当看到了身边的权力更替、人事沉浮，再回过头来读中国历史理解就和以往完全不同了。但当时，叶老师对于自己的前途非常担忧，他不知道哪年哪月"文革"会结束。不过，他与几位朋友坚信，若干年后，国家将缺乏各种实在的人才，因而他们在选择适合自己的学习目标，如饥似渴地读书。求知就是他的精神信仰。

叶长海老师完全是凭自己的兴趣在读书，文史哲不分。他觉得人生就是这么吊诡，要是当初进了他朝思暮想的大学中文系，学术基础和视野可能反而会受到限制。后来，他在一九七九年上海戏剧学院的硕士研究生入学考试中表现出广博的文史阅读量，就是这段自学经历的最好注解。他说：什么东西都要自己琢磨，知识结构慢慢形成，这实际上是锻炼了自学的能力。他说的这种"自学"能力，实际上包括能自寻老师，"转益多师"的能力。

大约在二十世纪七十年代的"文革"后期，有人给他介绍了温州的郑西村先生。郑先生是戏曲专家，对古典音乐也有独到见解。于是，叶老师经常去老先生家里，聊音乐史和戏曲史，得余闲时则吟诗填词。一时间曾下苦功研究宋词音乐，对姜白石十七首词的旁谱，尝试着搞出一个新体系，并请人弹琵琶演唱。至今，他还保留着那时的录音。

事实正是如此。在"文革"结束后全国招收的第一批硕士研究生中，相当大比例的人是没有念过大学的，有很多读过大学的考生在这些人面前反而落败了。叶老师感慨地说："这说明当时靠自学获得的知识还是比较全面的。不论在什么环境里，人们都有可能自己设计自己，摸索出一套自学前进的方法。"

读万卷书，"两翼"齐飞

一九七九年秋天，叶老师正式成为"文革"后上海戏剧学院第一届硕士研究生，师从昆曲专家陈古虞教授和戏曲理论家陈多教授。那一届共有四位同学，学的分别是中国戏曲史、外国戏剧史、中国话剧史和戏剧创作理论，后来他们都成为中国戏剧界非常有造诣的专家。同一个宿舍里，学中外古今的都有了，这对于每位同学来说都是非常好的"安排"，他们几乎天天在一起聊戏剧。关于那段经历，叶老师还写过一篇散文，叫作《小屋的回忆》。

叶老师至今都很清晰地记得戏剧学院那些各具特色的老师，说起他们的故事如数家珍。陈古虞教授很有个性，他原是北大西语系出身，专攻英语及莎士比亚戏剧，课余却迷恋着昆曲，唱演俱佳，尤以研究北昆著名。另一位导师陈多教授，博学多才，学术个性强，富于论辩。陈多老师曾经在学报上发表过一篇《古剧考略》，他认为《诗经》里有一些篇目是当时歌舞剧演出的唱词。其实这个观点是由闻一多先生的观点发展而来的。闻一多认为《九歌》就是一部古代的歌舞剧。但这些新见解很少有人赞同。叶老师却认为闻一多讲得不错，他说："我觉得有什么样的人就会有什么样的读书结果。有人把戏曲当诗来读，有人则在诗中读出了戏剧。前者往往是文学家，而后者往往是艺术家。"
陈多教授的理论创新精神和做事认真的特点，也在日后深深影
响了叶老师。

　　硕士学位论文，叶老师写了十二万字的《王骥德〈曲律〉
研究》，在答辩会上，七位委员老师一致予以佳评。王骥德在
戏曲理论史上的重要性现今已是众所周知，但在叶老师之前，
还没有人如此系统、深入地研究过这位晚明曲家。叶老师从现
存很少的资料中考述了王骥德的生平、行实、著作以及《曲律》
一书的写作过程，阐述家庭、师友、社会等因素对其文艺观念、
人生态度的影响，其中对万历年间戏曲创作流派的分析更显示
出独到的学术眼光。后来论文出版，答辩委员会主任赵景深先
生在序言中写道："这是一篇近年难得看到的、高质量的论文。"
现在，我们只有了解一九八一年前后中国研究界在沉寂多年后
取得的卓然成绩以及赵先生评骘学问的严格态度，才能体会这
句话的分量。次年，论文即获得"首届全国戏剧理论著作奖"。

　　二十世纪八十年代是叶老师的学术丰收期。那时，在艺术
领域中，学科意识普遍比较薄弱。经过长期的思索，叶老师在
《中国古代戏剧学绪说》中率先提出"中国戏剧学"这一概念，
并从理论上阐明其内涵和外延。在研究中国戏剧历史的时候，
他试图从建立学科的角度来进行思考，以学科史的方法来进行
写作。这个观念在当时具有明显的前瞻性。一九八六年，凝结
着他心血的五十万字的《中国戏剧学史稿》面世。此书和以往
介绍戏剧史的书不同，一般戏剧史论述的是戏剧的历史，而此

书是关于这门学科的发展历史，是从世界性的视野论述了中国戏剧学的基本内容及学科的形成历史。同时，它与理论批评史也是不同的。理论批评史主要是梳理理论著作，而从戏剧学的角度来说，有些材料性、技术性的东西也要给予整理与考释。从戏剧学的角度即学科的角度来看，同戏剧有关的知识、材料、理论，都有必要做一个全面的考察。所以，此书是戏剧学观念的实证，也是中国戏剧学在实践上的真正创见，它的问世引起当时戏剧界与学术界的瞩目，并成为少见的学术畅销书。作者在后记中写道："我早就希冀有一部属于中国自己的戏剧学研究著作问世，从而早日改变以往在本学科研究中多照搬西方，唯独缺少自我的不正常现象。无日地等待，不如自己先摸索着干起来。本书正是这种探求的产物。"这本著作后来分别荣获首届全国高等学校人文社会科学优秀成果奖和首届文化部直属艺术院校优秀专业教材奖，得到了学界的充分肯定，为中国戏剧学的学科建设奠定了基础。

在叶老师研究的领域中，同戏剧学非常相近的，就是曲学。曲学属于中国传统的学科概念，文学史上有诗、词、曲，因而也就有了诗学、词学和曲学。诗词曲作为"韵文"，本身包蕴着文学性和音乐性两个方面，有人称之为"音乐文学"，其中的"曲"，尤其是戏曲部分，除了文学性和音乐性之外，还会牵涉到表演和剧场，也就是与演出艺术的结合。所以在叶老师看来，"曲学"有狭义曲学、广义曲学的不同概念，应当把它们区分开。他创办《曲学》杂志，也是试图将曲学研究放在学科的框架中来思考，这既是对狭义曲学研究的深入，同时又是对广义曲学研究的空间拓展。

在相当长的一段时间，叶老师的学术研究主要就是上述的"戏剧学"与"曲学"，当时一些论文也是关于这方面的。在他出版的论文集《曲学与戏剧学》的自序中，他界定了"曲学"与"戏剧学"这两个分别源于东西方的概念之间的关系。他认为"戏剧学"除研究戏剧的艺术问题外，还要研究剧场演出活动中一些非艺术问题，如舞台建筑、剧场管理等；而中国"曲学"着力甚多的是唱腔音律问题。两者"实则有着相对应而又相交叉的关系"。他对中国戏剧学和曲学理论的精深阐发充分显示了他的研究个性与学术成就，为中国文学史与中国艺术史的研究作出了特殊贡献。

近年来，叶老师主编着两种刊物，一种名为《曲学》，另一种名为《戏剧学》，两者正从学科高度勾勒着这位大学者毕生的研究领域。

行万里路，开辟新领域

二十世纪九十年代以后，叶老师的学术研究在一些领域有新的开拓。他有一个心愿是为中国艺术学的建设作出努力。其时，他开始研读中国古代书画论。他花了几个月时间写成了《石涛画语录心解》，同期写成的还有《中国艺术虚实论》。当时他是想将画论作为研究的突破口，从画论、乐论、曲论三方面着手，梳理出艺术学的概念。

但由于身在戏剧学院，其主要工作任务是为戏剧艺术事业教书育人，因而叶老师对中国戏曲现状的关注及对曲学、戏剧学的理论思考不能间断。十年间，他相继出版了《戏剧：发生与生态》（1990）、《当代戏剧启示录》（1991）、《曲律与曲学》（1993）、《中国艺术虚实论》（1997）、《曲学与戏剧学》（1999）等著作，并参与主持了《元曲鉴赏辞典》（1990）、《中国曲学大辞典》（1997）、《中国京剧》（1999）等重要工具书与大型画册的编撰工作。

自从"戏剧戏曲学"申请到了上海市的重点学科后，经过数年努力，该学科又被评为国家重点学科。十多年里，国家一直在大力支持，希望这门学科发展壮大。作为该学科的学术带头人，叶老师始终在考虑如何将这门学科打造成全国一流的、有世界对话意义的学科，或者以后能把它建设成世界一流的学科。学科建设的工作占据了他大量的时间。

在这门学科里，他特别加强对一些薄弱环节的研究，比如对中国戏曲剧种、中国少数民族戏剧的调查研究等。同时，他也专注于世界民族戏剧的研究，他认为不能只知道希腊戏剧，还有很多其他国家的戏剧都是很重要很有意思的。近期他的一个重要设想是推动对中国同周边国家戏剧的互相影响交融的研究，这也是相当大的课题，其所涉及的有西部（丝绸之路）、西南部（印度文化）、东部跨海，等等。而研究该课题比较有利的做法是从汉文字圈入手。"汉文字圈"其实就是古代中国以及朝鲜、日本、越南等国家，中国文化对东亚这些国家的影响当然很大，其中也包括戏剧，而且这些国家之间的互动也不可忽视。经过比较分析，叶老师发现，研究日本、朝鲜、越南等国都已有不少成果，而研究最薄弱的就是琉球。于是他投入大量时间与精力研究思考琉球演剧历史，以及它和古代中国的戏剧交流。他在上戏成立了研究小组，两度奔赴冲绳考察。在他的书房里，关于琉球的研究资料都放在最显眼处。历史上，琉球作为独立王国于明朝初年同中国建立了宗藩关系。当他们的新国王登基时，中国朝廷会派遣册封团渡海为之册封加冕。明清两朝一共二十多次派团赴琉，册封过程中包含大量的戏剧演出，这正是最宝贵的研究资料。所以叶老师从两方面入手，一是从中国文献，尤其是从册封使的记录中寻找中国与琉球的演剧交流，另外就是从日语文献中考察，从这两方面寻找琉球戏剧演出的历史。在中国学人与日本学人的共同努力下，已有一批学术成果在《戏剧艺术》上发表。叶老师撰写的《琉球演艺初识》及《明清册封使记录的琉球演剧》已先后完成。这些成果，为东方戏剧的研究开启了一个崭新的领域。

进入新世纪，叶老师陆续担任上海戏剧学院诸多重要职务，人们常常可以看见他在学校里匆忙的身影。他仍以充沛的精力关注着"戏剧学"学科的新发展，并带领青年学人在学术领域不断开拓。在学校，所有同学提及叶老师，都感佩于他严谨科学的治学方法和教书育人的奉献精神。在他的不懈努力下，上戏"戏剧学"学科建设的各项工作都走在了全国的前列，其前景是很宏大的。

有一次在扬州大学参加博士生学位论文答辩，该校的研究生请叶老师谈谈他个人的学术经历，他半开玩笑地说："'文革'之后的二十年，八十年代，读万卷书；九十年代，行万里路，学术的脉络基本是这样的。"

以乐载情，以诗言志

谈及个人兴趣爱好，叶老师最津津乐道的是音乐和诗词。

他秉性聪颖，凡事喜欢自学，笛子、二胡、钢琴、小提琴都曾有过自学的经历。他的二胡演奏甚至达到相当专业的水准。由于爱好音乐的缘故，他在"文革"后期同几位师友相与调查温州永嘉昆曲，让老艺人们唱曲，为他们作记录。这对他后来的戏曲研究大有裨益。戏曲是一种总体性的艺术，里面有大量关于音乐的内容。他的硕士学位论文研究的是《曲律》，这里就牵涉到很多音乐史的问题。

叶老师曾写过许多关于故乡的诗文，其中有一首得意之作，那就是为温州地标景点江心屿写的歌词。自一千六百年前谢灵运写下《登江中孤屿》一诗，瓯江的江心屿便被称为"诗岛"。叶老师青少年时期就住在瓯江边，对江心屿很有感情，他写了一首浓缩他们那代年轻人真情实感的《情系江心屿》，由他的好朋友潘悟霖作了曲。"每当清风吹拂的月夜，涛声送人怡然入梦。为什么久久地萦怀，那满江闪烁的灯影？噢，故人的才情故园的魂，在人间化作新的生命……"他至今还能唱起这首感情深挚的歌曲。这首歌还曾在一次浙江省的歌曲比赛中获奖。

无论在怎样的学术境遇中，叶老师始终坚持旧体诗词写作，这也是他寄托情感的最佳方式。他认为诗词凝聚了一个人的人生感悟，也结晶了一个人的时空情怀。在最近创作的七律《人生七十》中，他写道：

尘世喧阗岁月催，闲吟难得翰为媒。
园边已老东坡竹，座上初停北海杯。
逝水岂从今夕尽，新株犹待别时栽。
年来疏问纷繁事，唯有家山常梦回。

朝去暮来，叶老师从"半路出家"从事戏剧学术研究，至今已经整整四十个年头，度过了极其艰辛而硕果累累的岁月。他为中国戏剧学和曲学的学科建设以及艺术教育付出了毕生心力，做出了丰伟的贡献。虽然已到古稀之年，但其壮心未已，正如他在这首诗中所吟唱的："逝水岂从今夕尽，新株犹待别时栽。"

二〇一九年七月

对话：八十年代两代人

程梅笑

从复旦大学中文系毕业后，我考入上海戏剧学院攻读硕士研究生，师承叶长海副教授。他一九八一年研究生毕业，是我国首批戏剧专业硕士学位获得者之一，而我将于一九九一年毕业，恰好相距十年——整整一个年代。他常开玩笑地提起这样一句诗："我住江之头，君住江之尾。"可尽管我们"同饮长江水"，却实在是两代人……

第一次听课

第一次听叶长海老师讲课是两年前的事了。

大学四年级，是必须对自己的将来做出选择的时候了。是考研究生，还是出国，或者是去社会上闯荡一番？谁都只能选择其一。我不想放弃学业，尽管在复旦待了三年多，可总觉得在学院里还没有待过瘾，自信再做三年研究生，定能干出点名堂。

系里照例要请客座教师开专题选修课，这学期特聘上海戏剧学院叶长海副教授主讲"中国戏剧学"。出于对艺术院校的神秘感和对这一新鲜课题的好奇，那天教室里黑压压地坐满了我们这些名牌大学府的学生，系主任也亲临课堂。

记得几天前我曾为考研究生的事去找过系主任，我说我想报考戏剧学院的研究生。"那好啊！这学期我们请来了叶长海老师开选修课，他今年就准备招收研究生，叶老师在对中国戏剧的研究上有很深的造诣，他讲课也是很精彩的呀！"这个同学们公认的最可爱的"老头"非常得意又有点神秘兮兮地向我隆重推出，就像他讲文学史时提到深有研究的王维或者李贺。尽管如此，我还是不能马上应允，毕竟叶老师是搞古代戏剧的，我不能没有足够的准备。

上课了，走上讲台的是个戴着一副老式黑边眼镜、中等个子的中年人。就像所有的古代文化研究者一样，他讲起话来不紧不慢的，表情好像很严肃，透出一股非常职业化的严谨与认真。

那天从系主任家出来，我马上找来了他的几本论著。《王骥德〈曲律〉研究》是他的硕士学位论文，曾获全国首届戏剧理论著作奖，已故著名戏剧史家赵景深先生在《序》中对此书评价甚高："一篇近年来难得看到的、高质量的论文。"《中国戏剧学史稿》长达五十万字，是一九八六年刚出版的新书，想必也是叶老师此番开课的教材了。

出乎我的意料，他似乎并不急于介绍他的研究成果，而是从戏剧现状谈起，谈近几年戏剧实践的成就与缺憾，谈戏剧观念的发展，谈观众问题，谈电影电视对戏剧的冲击。讲到得意之处，音调立刻提高了许多，那双神情昂扬的眼睛透过厚厚的镜片，传达着他不可置疑的自信。

在复旦三年多，听过的有关古代文学的课也不算少了，却很少有老师这样大谈现状的。也许因为叶老师来自戏剧学院，加以负责编辑《戏剧艺术》杂志，与实践的关系密切，自然也就颇多感慨。然而两堂课下来，只字不提自己的长篇巨著，却也着实让人纳闷。

我一边听着他的讲课，一边随便地翻弄着手上那本装帧得十分精美的《中国戏剧学史稿》。他的《后记》不长，而结尾却格外引人入胜——

假如有人问我：在整个戏剧界为改革和创新而痛苦拼搏的紧张时刻，你为什么还有闲情在邈远的古代作悠然的徜徉？我将惶恐地问答：不，我的双脚从未离开我们的大地，我正是从一个伟大民族的历史中获得了真正的创新精神和前进的勇气。

我始终把他看作一个成功的古代戏曲研究学者在期待着他的讲课，却不料他除了拥有《史稿》的成功外，还密切关注着戏剧探索的进程。于是他对戏剧现状的评论由于扎实的历史功底而显得饱满丰厚，而他对戏剧历史的研究又由于这种紧扣时代脉搏的步子而具有学术研究的当代意义。这不正是我所希望达到的境界吗？

复旦中文系是个极重视古代文学教学的地方，然而我却始终热衷于现当代，如果我对我的朋友们宣布：本人将开始从事中国戏曲的研究，不要说别人不信，就是我自己也不敢想象。

可是，讲台上这位滔滔不绝地发表着对戏剧现状高见的叶老师倒启发了我的另一条思路：他不也正是一位纯正的古代戏剧研究者吗？研究戏剧必须有关于它的各方面的修养，现在我最贫乏的就是中国传统戏剧，何不从此着手呢？

我打定主意等下次上课时，把自己的几篇论文与一些发表在报上的小评论先整理出来请他看看。至于其中并无一篇是关于中国传统戏剧的也就顾不得了，反正得先试试再说。

第一次拜访

这是一幢老式洋房的顶楼，两间尚属宽敞的屋子里没有冰箱，也没有彩电，最引人注目的是一套制作精致的书橱。书房是个名副其实的书的世界，就连桌上、地上、墙角都已最大程度地被大叠大叠的书占据着，只给人留下一个转身的余地。从全套的"二十五史"到汤因比的《历史研究》，从外文原版的戏剧专著到各地方剧种的研究资料，可谓应有尽有。书桌上摊放着几本外国戏剧杂志，是他正在看的，这无疑让我轻松了许多，因为这里并不是古书斋，丰博的藏书中渗透着时代的气息。

"叶老师，以前，我一直对电影比较感兴趣，所以，这些文章多半是这方面的。不过现在，我想改变一下，搞戏剧研究，而中国传统戏剧正是我的薄弱环节，所以，我想报考您这个专业。"我尽可能地解释着这也许并不成理由的理由。

"年轻人兴趣广泛是好事，即使你以后来读研究生，也不要放弃这样的机会。其实，我有时也写些关于戏剧现状的小评论。当然，多半是约稿，或用的笔名。"

几天后，在新出的《艺术世界》杂志上看到了叶长海的名字，这是一篇题为《舞台的诗化》的综述性评论，洋洋洒洒几千字，既有对当代戏剧舞台风格的宏观把握，又有对某几个舞台处理的细微分析，可谓一气呵成。后来才知道，他有一本关于戏剧现状的小册子正在出版中，拟题为《当代戏剧启示录》，共十三篇短文，像《两种戏剧文化的对话》《戏剧创新独白》等都是一些戏剧界最前沿也最敏感的问题，《舞台的诗化》只是其中的一篇。一个苦心钻研古代文化的学者，在课堂上作为绪论大谈特谈现当代评论已属少有，而专门结集成册就更为罕见了。这也正是他作为一个戏剧研究者所独到的地方。

长期的艺术积累与社会生活的磨炼使得他对现状与未来有着不可推却的使命感，他可以像他的前辈那样，兢兢业业地钻研着古书海中无尽的学问，但同时，他又放心不下处于危机与艰难之中的戏剧现状。

可我们是不同的。叶老师有他坚实的学问作后盾，偶尔涉足当代戏剧，就显得得心应手。看似小打小闹，其实这种"小打小闹"绝不是一件轻而易举的事情。而我们写写评论纯粹是偶尔的灵感突发，写到什么就算什么。

"叶老师，我曾在文汇报社当过两个月的实习记者，所以有些机会发表小评论，但现在总觉得老写这些东西也写不出多大意思。所以，现在想专注于某一具体领域的研究，为自己找到一个落脚点。"

"这当然是读研究生以后的事了。你们与我当时的情况不一样。我考上研究生时已三十五岁了，工作了十几年，成了家，有了两个孩子，个人与社会都不允许自己有过多的设想，只有认准一个目标坚定地走下去。你们现在还很年轻，年轻人自有年轻人的优势，敏锐、接受能力强，可塑性也大，不如先做做各方面的尝试。在报社实习就是一种很好的体验。然后再选择一个最适合自己的领域，往深处发展。其实人的潜力是多方面的，你们有的是时间，何不多做尝试，多发现一些。"

叶老师作为戏剧理论界的名人，自有他的优势，他的文字很容易引起编辑与读者的重视，同时也就有了他的苦衷，他必须对自己说的每一句话负责。而我们就无所牵挂了，但是要成功，就必须建立起一种责任感，现在对于我来说首先要找到并掌握一个理论与学识的基底。从这个意义上说，选择叶老师的这个专业和叶老师这个指导老师，对我今后的学业肯定是会有帮助的。他的中国戏剧学立足于中国传统戏剧现象、戏剧活动以及戏剧批评，但实在是一个具有现代化意义的开放型的体系，一旦他能够稳稳扎扎地立足于传统戏剧这块丰厚的土壤，于是社会学、心理学、文化人类学、艺术学这些学科顿时就在其中相映生辉了。

然而，要真正在这一领域站稳脚跟，却也足足花去他七年的时间与心血——从一九七九年考上研究生到一九八五年《中国戏剧学史稿》全部完成。

第一次答辩

转眼到了春天，研究生考试已进入复试阶段，这也是我有生以来的第一次答辩。

复试被安排在戏剧文学系的一间空落落的办公室里，唯一用来隔开主考老师与学生的那张桌子像是被临时搬来的，无论是领导、老师，还是被考的学生，都显得十分轻松。复试已越来越被看成只是走过场的形式而已，只要不发生意外，一般总能通过。

一切都进展得十分顺利，我觉得已经不是不要紧张的问题，而是神经一点儿也兴奋不起来，只是希望能对答如流，早点结束考试，反正没有人竞争。看着主考席上的叶老师，不由想起他曾说过的他的复试经历——

那的确是个竞争激烈的年代，"文革"后首次招收戏剧专业的研究生，十多年积聚下来的青年学术精英们都想借此找到施展才华的机会。当时连大学都没有上过的叶长海直到复试前两天才接到加急电报。

"那时我以为没有希望了，想想自己连大学都没有上过，可能确实是基础太差。等我侥幸接到电报，赶到上海一看更傻眼了：参加复试的一共有五人，一个是大学中文系古典文学教师，两个都毕业于名牌大学中文系，只有一个与我一样，并且外语相当不错。我私下掂了掂分量，顶多排在第四位，实在是希望不大。

　　"复试一结束，就得赶回温州，我担任高中毕业班班主任，那五十来名毕业生的命运如何，我放心不下。临走前，去导师家拜访，他暗示我，在所有三十多名应考者中，我是考得最好的。我简直不敢相信，当时，只觉得这一切都是偶然的。"

　　也许考试成绩的优劣中有着许多偶然因素，但左右这偶然的只能是必然。尽管他没有念过大学，但他的自学却完全超过了现在几乎任何一个本科在校生。

　　"在当时的温州，根本买不到大学中文系的教材，只能托在温州师专的朋友预订，拿到一本，读一本。读文学史是将三套教材对照着一起看的，并做了翔实的笔记，还有游国恩先生主编的《中国文学史参考资料选编》，有好几册。"

　　读过中文系的人都知道，不到考试，很少有人会认真读一读作为教材的《中国文学史》，更不用说拿着好几种教材对照着读了。至于那套参考资料，不做作业，更是无人问津。然而被拒绝在大学校门之外的叶长海却硬是啃下了这些对于一个中专毕业生来说实属不易的东西。为了读懂《庄子》，他收集了四五种注释本，逐字逐句地理解。就这样他凭着惊人的毅力硬是学完了《中国文学史》《古代汉语》《中国文学批评史》《世界通史》《中国通史》《欧洲哲学史》《中国哲学史》等几十种课程，直到来上海读研究生后，才知道自己埋头苦读十几年居然跨越了好几个系科。

　　"那您为什么选择中国戏剧理论这个专业呢？"

　　"在温州十几年的自学中，我最感兴趣的就是中国文学批评史。当时温州根本买不到这些书，我有个伯父在上海，他也是踏破铁鞋才在旧书店里才为我买到了郭绍虞先生主编的三卷本《中国历代文论选》。原来的书主也许是位酷爱学问的老先生，书上被他用红笔圈圈点点，还做了眉批。也许书的主人已经去世，子女把这些书卖给了旧书店。我还很欣赏郭老先生的《中国文学批评史》，一气贯穿始终，文笔也美，读起来够味儿。"他十分感慨，是为郭老先生的成就与才华，也为那个不知姓名的老书主，"后来我的那本《史稿》就有许多内容是属于戏剧文学批评的。加上我对音乐、美术、戏剧各方面的爱好，就考了中国戏剧理论的研究生。"

　　登上大学讲坛不久，叶老师给"戏曲编剧进修班"讲授"诗词曲欣赏与创作"课。一次他以《秋色》为题，让学员填词，那些被十年动乱耽误了的中年学员，抒发了自己虽被岁月蹉跎，但仍追求"秋实"的进取精神。灯下阅卷，读罢数篇，感慨系之，叶老师也咏了一首调寄《虞美人》：

　　　　眼前笔墨撩情绪，多少份怀句。十年时事去匆匆，一样韶光不返水流东。　　数篇读罢应无愧，秋色犹堪醉。夜深何事独徘徊，道是更调新韵唱人才。

　　在二十世纪七十年代末八十年代初的中国，考研究生是多么不易，那些已经不算年轻的学子们正是以这种持久的拼搏推开了高等学府的大门，求学是他们认为最理想的成功之路。十多年艰苦生活的磨炼给他们造成一种不可虚度光阴的紧迫感，迫使他们以尽快的速度、最大的努力去争取已经为时太晚的成功。

也许到了八十年代末的今天，一大批真正的青年在接受了十几年系统教育后对考研究生反而不再那么着迷了。我们有的是时间这个聚宝盆，然而人生经历这一财富我们是太贫乏了。每个青年都在寻找尝试的机会，我们可以一干到底，也完全有理由与时间轻松地超脱地解释道：条条道路通罗马。

第一次受业

第一次作为研究生听叶长海老师授课，倒更像是一种交流。对于今后三年我们之间的教学合作，这第一次的谈话是至关重要的，叶老师又一次推出了他的博与深的辩证法。

"研究生大致有这样三类情况：第一类人活动能力、适应能力都很强，可以做多种工作，创作、管理、新闻，等等，并都能做得不错，但往往缺乏潜心专攻的耐心；第二类人是苦心做学问的，能在书堆里钻得不亦乐乎，但常常不善于或不屑于做其他工作；第三类人可以做多种尝试，善于调动自己各方面的潜能，但又必须能在某一领域作深入研究。你以为你属于哪一类？"

我自信可以也应该属于那第三类，这似乎正是叶老师所达到的境界。他的学术之成熟也正表现于既能打下《中国戏剧学史稿》这样的深井，又能搞翻译、撰写些评论、涉足于新学科与新方法的运用。我常想,他们的研究生时代是一个创造的时代,人都是成熟的、独立的人,有属于自己的经历,属于自己的家庭,不用去争取,社会本来就是他们自己的。所以他们不失时机地创造着成功。可我们不一样,尽管谁都承认我们是社会的希望,但无论如何,只是希望而已。我们从小就接受系统的教育,接受一条学业成才的正统道路,希望能以升学来实现人生价值。然而当我们的学历越读越高,我们的倦怠也就越来越无法排遣。于是大家不得不开始怀疑:到底怎样才能成功?或许根本就不能成功?

"叶老师,我想我能够成为您所说的第三类人。但我们是从学校到学校,有时候也有雄心壮志,想成就一番事业,于是把成功幻想个够。但过了两天也就三分钟热度,从近的看,我们不大可能在研究生毕业时也把硕士论文出版成一个小册子;从远的看,这一辈子也达不到鲁迅、钱锺书这样的成就。硕士毕业念博士,再过几年从副教授到教授,也就那么回事了。有时候想想退学出国还真是一条出路,无论如何,那儿完全是陌生的,也许还有许多新的机会。"

"出国当然也是一条很好的学习之路,这我完全支持。但现在作为研究生,就应该尽最大努力学好。如果我不来上海,也许会一直当中学教师,可我肯定要争取成为一个出色的语文教师。在温州六中教书时,毕业班的语文就是我和另外一位老教师一起把关的,当时我对教过的每一篇课文都写下教案,整理出来一大叠,足有几尺高,这是我生命的一部分。离开温州前,我郑重地把它送给了那位老教师作为纪念。"

温州，对于戏剧研究者来说是南戏的发祥地；但对于今天大多数的中国人来说，是以其经济的开放程度和生意人的顽强不懈而著称。这位来自温州的学者不也正是具足了这种永不知足的执着精神吗？

谁知道这种被称为"信念"或者"精神"的东西在生活中是多么的重要，对于叶老师来说，就是对成就一番事业的渴望。十年前，他以中专毕业的学历负责高中毕业班的语文教学也许已是够破格了，但他还是不能放弃深造的机会；考上研究生后，他又玩命地学、玩命地写，他的学年论文《沈璟曲学辩争录》一九八一年发表于刚创刊不久的《文学遗产》，后又获上海市级学术论文奖；他的学位论文《王骥德〈曲律〉研究》在毕业不久就由中国戏剧出版社出版，一九八四年获全国戏剧理论著作奖。写《史稿》足足花了他五年的时间。为了沉进去研究，他几乎放弃了所有的爱好。那时候他爱人与孩子都在温州，他一个人住在宿舍里，过着毫无变化的"图书馆——宿舍——食堂"的"三点一线"的生活。每次放假回家，他都无暇上街采购点东西，常常是船到温州，第一件事就是去食品店，指定要买上海产的糖果糕点，算是从上海给孩子们带的。

这倒真有意思！可他在追忆这段往事后，脸上却掠过一缕缕的伤感。

第一次合作

曾听叶老师说起过他正在主持翻译日本人编的《演艺百科》，包括电影、电视、戏剧、广播、舞蹈、歌剧、民俗演艺等多方面内容，编译这部七十万字的工具书，在我国是一项填补空白的工作。后来，我也参与了一些编辑工作，算是我们的第一次合作。为了及时把书稿全部整理好送交出版社，那一阵子大家都是没日没夜地忙。叶老师整天往返于家与学校之间，那个上海街头最普通的绿色尼龙绸背包总是被大叠大叠的手稿压得变了形。

整天在一起工作，也就进一步领教了叶老师为学之一丝不苟，哪怕是一个微小的出入，一个数字书写方法的统一。编辑工作的进程被他安排得环环相扣，大家的睡眠时间也就一天一天地递减，直到最后一天的通宵作战。可他布置起先干什么、后干什么来，却还是那么高度兴奋，那语调总让人觉得他这样说绝对是有道理的，你照他说的做肯定没错。

"叶老师，这本书是什么时候开始翻译的？" "快有一年了吧。不过集中精力翻译这本书也就是最近，一般说来，我总是手头有几件事齐头并进，到必要的时候搞一下突击。"

一九八五年，当他倾注了五年心血的《史稿》一脱手，便突然发现这三年学术界、戏剧界居然涌入了如此众多的新鲜气息，于是一种强烈的危机感使他买回大量有关学术界最新研究成果的书籍，并着手寻找打另一口深井的理想方位。翻译就是其中之一，与别人合译的《艺术学》已在出版之中。正是这种不愿落伍的危机感使他始终保持着对新鲜现象的高度敏感，并及时调整自己的知识结构。他的《当代戏剧启示录》站在了戏剧实践的前沿，另一本著作《发生与生态》则紧扣着国际戏剧研究的新潮。

"人生最可怕的就是全明白了自己今后的道路。按理说，人到中年，离'知天命'之年已不太远了，但我总觉得还有可能获得意外的作为，尽管现在还不得而知，但必须始终保持一种面临挑战的意识和鲜活的精神状态。"

当他的两篇论文刚刚得奖不久，便又推出了五十万字的《中国戏剧学史稿》，同时又与陈多先生合注了五十万字的《中国历代剧论选注》。他常说："每一本书都只是我几年前走过的路。而今天已经步入了一条新路。明天呢？可能走得更远……"看得出来，他的眼睛紧紧地盯着明天。我突然想起，曾有人问球王贝利："你认为你的哪个球踢得最漂亮？"贝利不假思索地回答："下一个！"成功，是每个人都在构筑的幻想，但只有具备了这种精神，成功才有可能永无止境。

环境为叶老师提供的成才条件是极为不利的。当他还是个初中学生时，就已品尝到了生活中的苦涩，他并没有顺利地走完学生道路。"我多么羡慕你们。而我，一直没有机会进入大学的校门。"他常常说起这句话，带着心中深深的遗憾，甚至还以半开玩笑的口吻对我说，"与我相比，你真是太幸运了！"

　　的确，我接受的是最系统最完备的教育，我的中学华东师大二附中是一所全国著名的重点学校，大学又是在号称"江南第一学府"的复旦度过的，考上研究生时不过二十岁多一点。

　　"我们是在一种封闭压抑的日子中进入中年的，"他说，"生活给予我的机会太少了，如果不抓住那极少的稍纵即逝的机会，也许就永远不会再有成功的可能了。而你呢？生活已经为你安排了许许多多机会，这些机会对于我来说是三十年的梦中都不可能想象的。问题是，在这些机会出现时能否获得成功，那就要看你的能力，看你的努力了。"

　　多少昔日的努力结聚而成今天的能力，它使我考上研究生，使我有可能获得明天的成功。然而更重要的无疑还是努力——那精彩的"下一个"。在过去的那个年代，多少有能力的人因为境遇不好而被淹没了，只有强者还在不屈不挠地奋斗。今天，当大学的校门以各种各样的形式向人们敞开时，人们用以取代"暗自奋斗"的是一种看似轻松却实在是危机四伏的考试游戏。"努力"，成了多少有些遥远的概念了。

　　于是，大家都在抱怨："精神危机！"

　　多么令人烦恼的危机感！然而它却说来就来。时代生活的激变有时使人失去了心理的平衡……也许可以说，这种危机感是某种时代的产物。

　　叶老师曾在一篇题为《戏剧危机小议》的评论中（发表于《文艺报》1985 年 1 月号）这样评述戏剧的危机，这也正是他个人事业的深刻危机感。也许只有成就过一番事业的人才能深深地体验这种不能用烦恼、彷徨等其他字眼代替的感觉。他很少对人提起那艰难的岁月，但正是这种铭记在心的精神苦难使他能始终如一地暗自奋斗。人格的成熟决定着他学术研究的成熟，当他终于著书立说，成就事业时，浮上心头的却总是那种无法扼制却又催人奋进的深深的危机感。

　　作为青年人，作为被视为前途无量的青年人，也在叫嚷着危机，尽管其中的大多数还从未经历过艰难的跋涉。然而这又是一种危机，一种逐渐弥漫的氛围。我们太幸运，也就太平淡，我们拥有的也就只能是第一次的新鲜与第一次的难忘。有一天，当我们品尝着由这无数的"第一次"酝酿成的无数乏味的重复时，也许我们会心神不定起来，会在各种各样的自豪背后升起那沉重的惶恐……

（原载《艺术界》一九九〇年一、二月号）

传道黉门六十春

——叶长海教授访谈录

朱　光

　　坐镇中国戏剧高等研究院的叶长海教授，在酷热的假期里回忆起六十年的教学生涯——恰逢上海戏剧学院华山路总部趁暑假整修校园。整个校园里，仅有中国戏剧高等研究院这一幢楼通电有水开空调。因为校园整修，各项服务基本都停止，研究院院长叶长海教授还特地从上戏位于浦江镇的校区订了盒饭，盒饭搭上了校园班车，被送至研究院……功勋卓著、成就卓越的人，细节也一定考虑得十分周全妥帖。作为叶老师的硕士生，忙于文化新闻报道的我，远不如他的其他博士生那样能时常与导师面对面，但是每一次面对面均获益匪浅。

　　在人生重要选择上，聆听叶老师教诲已经成为我的必修课。择业、择人，均是。能听闻并记录叶老师教学生涯六十年里的体悟，不失为又一门提升格局、开悟人生的小灶课程，虽然我并没有从事教学工作，但教学中颇有一些理念可以平移至人人可用到的做人之道——当然，叶教授自始至终的理念，都是教书、育人、树魂。

　　叶长海老师是上海戏剧学院一九七九年首批招收的四名研究生之一。当年四位研究生分别研究四个方向，如今每一位都是各自学术领域的权威，名震四方。在二十一世纪初的一次海峡两岸暨港澳地区的昆剧研讨会上，一位来自中国台湾、白发苍苍的学者谈及叶长海教授："我们台湾研究昆曲之初，大概是二十世纪八十年代，那时候的方法就是去图书馆里找叶教授的书，在学术专区，不能复印。我是站在里面一页页抄写学习的……"表示出对叶教授的敬佩之意。

问：叶老师，听说您这六十年教学生涯与众不同，覆盖大、中、小学三个阶段？

答：我一开始担任的是小学代课老师。一九六二年，我毕业于属于中专的温州师范学校——日后温州师范学校逐步升格为温州师范学院，不久并入温州大学。因而，我始终是视温州大学为母校的。

不过，一九六二年我从温州师范学校毕业之际却遭遇三年经济困难时期，使得我这一届毕业生，几乎都没找到正式工作，不少人只能去做没有编制的代课老师、民办学校老师。我被留在温师附小——温州师范学校附属小学当代课老师。在小学里什么都教，除了语文，还能弹着风琴教音乐、画着图画教美术等。不久，我转入民办中学做中学教师。一九七一年，到温州第六中学（现温州实验中学）任教，多年担任高三毕业班的语文"把关老师"——这个"职位"也并不是每一位老师都愿意去承担的。毕竟，确实要肩扛升学率不能下滑的巨大压力。

问：同样做老师，教小学生、中学生和大学生有什么区别？

答：教小学生除了要教书，还要兼顾日常生活；教中学生也是全方位负责，几乎从早自修到晚自习都要顾上；而教大学生——大学生都是成年人了，相比中小学生这样的未成年人，这些"杂务"自然要少些了。

同样做老师，通常往往教语文的老师还会兼任班主任，可谓最操劳。语文老师批改作文很辛苦。有一年，我担任民办中学两个班总共一百五十个学生的语文老师，批改作文每天都要批改到下半夜。

问：中学记叙文应该如何写好呢？

答：有三个要点——观察生活、捕捉生活的美、表达独到的感受。

要达成这三点，正是要通过模仿、观察后的创造性眼光和表达来实现。对于面临高考时语文一般的同学，建议不妨学范文。对于语文较好的同学呢，则还是"看到题目后再审慎思考"。最好的文章，一定是看到题目后再思考后而写就的。最新鲜，才最有灵性。灵性，不是人人都有，但在小孩阶段就能看得出来。小孩都喜欢唱歌跳舞——在这个年纪，他们都在发挥感性技能、直觉技能。感性，能帮助小孩理解、学习。但是人的学习，肯定是从感性到理性的过程，高等数学完全就是抽象思维。但是，最高境界，应该是感性与理性相结合，甚至包含不断重复专业学习得来的经验——就像是音乐的"余韵"那样的"直觉"。到了直觉阶段，灵性、灵感就会不时地冒出来了……

问：您那年报考上戏"中国戏曲史"研究生，正是上戏首次恢复招研究生，难度很高吧？

答：一九七九年，我报考上海戏剧学院硕士研究生，属于"同等学历"的身份。当时，有很多考生都积蓄了十余年对知识的渴求与热望。上戏一九七九年首次招收研究生的名额为四人，但是报考者有数百人，进入"中国戏曲史专业"复试的有五人。初试到底考得好还是不好，我心里完全没有底。我好奇地问了一下招生办的老师，得到的答复是"中等"——我现在懂了，任何人问初试考得如何，回答一个"中等"最妥当，既使他不会失望，也不会过于自得，以免影响复试。待入校之后，跟随陈多教授专攻中国戏曲史之际，陈教授才向我交了底："基础卷与专业卷的成绩你都是第一。"

其实，我并不知道要考什么，就是背了一箱书来。我事后分析，在同等成绩的情况下，一定是外地来的学生更优秀——因为他不知道要考什么，所以什么都准备了一番，知识面就会比较宽。事后了解到，我分数最高的那张卷子，就是古今中外各类文艺常识都可能考到的综合卷。此前，我还专门去学了工尺谱。这在当时已成了"绝学"，所以使得上戏的老师啧啧称奇。

问：叶老师，您是如何学得那么全面的？

答：这首先就要回溯师范学校对我的栽培——语文、音乐、美术等综合文艺的培养，让我沉浸在古典文学之际，也初通音乐，摸过钢琴、小提琴、胡琴；也会美术……其次，就要归因于词曲大家郑孟津（笔名：郑西村）对我的熏陶。后来成为浙江省文史馆馆员的郑老先生，在昆曲方面的造诣高深。二十世纪七十年代中后期，我拜郑先生为师。郑先生带我进入研习古代音乐和戏曲声腔的门径。

问：那么，在大学教书是否也有秘籍？为什么您不怎么上《中国戏曲史》这门课？

答：一九八一年起，研究生毕业后我先在《戏剧艺术》做了十来年的编辑与副主编，一九九〇年评完教授后便进入戏文系教学。虽然我投身的专业是中国戏曲史，但是在戏文系里，我不上《中国戏曲史》课——不可与人抢饭吃。因为系里已有一两位年长的教授讲授《中国戏曲史》这门课程很多年。所以，我就开出一些新课，如《中国艺术精神》《诗词曲欣赏与创作》《中国曲论选读》等。

问：课程《中国艺术精神》的核心要义怎么解读为妥？

答：中国艺术精神听起来颇为"大象无形"或曰"羚羊挂角"，这八个字也是这门课上的精髓之一，什么大象、羚羊啊似乎是生物课？其实，传授的都是中国传统美学精神里对"意境"的追求。

出自《道德经》的"大音希声，大象无形"，意思是好的音乐未必音量高、声响大，而是悠远低沉、"绕梁三日"；好的画面、图景、气象未必有清晰而精准的边界与形状，而是气度非凡、包容万物。"羚羊挂角，无迹可寻"的意思，与"大象无形"有点像，本义是羚羊睡觉时一头扎进树丛，靠羊角挂上且四足离地，免于被野兽偷袭，因而看着它似乎在树后，似乎又不是在树后，颇为"大象无形"。但"羚羊"还多了一份神秘主义气息，比喻为诗歌等作品的飘逸，乃至"言未尽，意深远"……

对"意境美"的掌握，可以解读《千里江山图》《富春山居图》等各种传统书画；可以解读"鱼戏莲叶间"后为何"东南西北"都要来一遍等各类诗词，乃至《牡丹亭》的"皂罗袍"："原来姹紫嫣红开遍，似这般都付与断井颓垣……"懂得中国艺术精神，就对中国传统文化的任何体裁——唐诗宋词明清传奇以及各类书画乃至"以歌舞演故事"的戏曲，有了一通百通的理解力。

问：做老师"杂务"多，那么最基本的底线是什么？

答：教育孩子有两条底线。第一，要防止青少年道德滑坡，一定要让学生成长为有道德、有益于社会的有用人才。第二，确保孩子的智力得以正常发展，对于越小的学生，老师的责任越重。因为孩子小，老师真的必须"教书"——教会他们知识；"育人"——教会他们道德修养，做人起码的道理。小孩子要做到"自觉自愿"是颇难的事，老师的责任难免"全覆盖"。中小学的班主任，对于班级的学风、班风影响还是颇大的。但大学教师面对的是成年人。成年人有自我管理能力，也有自制能力，不需要班主任整天约束。对成年人最严重的惩罚是法律，但未成年人还是要靠道德教育。做好中小学班主任，责任心最重要；做好大学生的教育，则是思想方法最重要。

问：怎样全面评价一个学生的成长？

答：我觉得有些老师总是把自己培养了某某有成就的人挂在嘴边——其实没有一个人仅仅是由一个人培养出来的，而是由教过他的所有的老师乃至相处的父母、朋友共同塑造的。对一个人的成长，也不是单纯从各科成绩来看。性格特征、为人处世、兴趣爱好等等也颇为重要。师生之间的关系处理，也不简单。在学校里最听话的学生，未必是今后最感恩老师的人。

问：老师是做"慈母"好，还是做"严父"好？

答：这个问题让我思考多年。不要说是老师，哪怕就是母亲，也不能对了女在情感上过于投入，乃至于产生依赖性。这样，会影响到青少年的前行——他们会在情感产生亏欠感，可能放缓前进的脚步。好的导师是不求回报的，且一定会让学生轻松前行。岳母刺字，就是为了让儿子"精忠报国"，不要考虑母亲——不能打仗时还想着家里的事儿。

我最反对的就是空有慈母般的热忱而学术不精的教学方式——学生能遇到老师如慈母般，自然难免感恩戴德。有些慈母般的老师并不具备学术高度，无形中以慈母般的情感"绑架"了学生的情感，最终蒙蔽了学生对学术真知的追求。学问的高峰，一般都是老师带领学生攀爬的。可是，老师如果根本不知道学术高峰在哪里，只是经常请学生一起到家东拉西扯地聊聊，四年本科时间很快就过去了……学生学到了什么呢？对学生不好，肯定是不对的；对学生好，要注意分寸——掌握度，才是关键。

问：对于学生在不同阶段是否有"慈""严"之分？

答：学生在不同阶段所学的目的也是不同的。小学生喜欢玩——应该多让孩子玩，他们玩什么都很开心。初中生要进入课程学习状态——也可以适当玩。高中生要面临的是高考"大决战"，势必要巩固所学课程。到了大学——就必须培养大学生的抽象思维能力了，不能太依赖直观的方式教学了。

现在大学里教书喜欢反复用 PPT，但是我认为这样不好。PPT 是个相对固定的套路，但是知识是在不断更新和流变之中。去年讲的前沿知识到了今年就成为常识，到了明年就可能落伍了。如今幼儿园的小孩都会用平板电脑了——技术再怎么更新、迭代，都要为知识本身服务。

问：那么，在大学里，遇到孩子气的大人该怎么教呢？

答：在小孩里，有"小大人"；在大人里，也有"孩子气"的大人。因此，尤其是在大学里，因材施教最为重要——这点，与日常管理也是十分相通的。不管年龄大小，因材施教、因地制宜，在教育与管理中，都是重中之重。学生成绩好，并不意味着老师教得好，也未必仅仅因为学生天资聪明。老师是否能把学生培养得全面发展，一定是好老师的标志。当然，按照一般规律，能提高升学率的也确实是中小学好老师的标准之一。

问：怎样的大学老师，在学生中会有威信？

答：首先自然是个人学问、品德好，其次是教学态度认真，再者是教育方法好。做大学老师，就是要在学术上拔得头筹，始终站在学术的前沿，而且有责任心，让学生有所收获——这是做老师最重要的目标。

老师的态度认不认真，就像是演员在舞台上是否投入情感——学生、观众都看得出来。"方法好"，肯定会将"学问好"很愉快地传递给学生。同时，师生彼此都处于良好情感互动的可能性最高。

问：那么，最终成为怎样的学生，才是叶老师满意的？

答：工作比较出色，心态比较好，活得比较愉快。就是不要干什么事儿都很苦，要愉快。愉快则取决于三点：一是真心喜欢，二是有能力胜任，三是一定要下功夫。

其实回过头来想，"好学生"与"好老师"何其相似——喜欢自己工作的好老师，也必定　　学问好、态度好、方法好。这个"三好"的背后，也一定是真心喜欢自己的工作且有能力胜任，并下苦功夫的人。

问：除了教书育人之外，科研是否也很重要？

答：大学教授，必须站在学术前沿；前沿成果才能被称为"成果"。知识，始终在不断更新之中。对最新知识的汲取、消化、研究与传播，是大学教师在科研工作中的必经环节。始终站在最前沿、第一线，才是高水平，否则就是炒冷饭。

科研，也是为教学服务。真正好的教材，要求科研含量高，否则就是一般读物。大学教材中一流之作，都是脱胎于科研成果的。就像是觉得"真理的味道非常甜"的陈望道，大家对他耳熟能详是因为他是第一位把《共产党宣言》翻译成中文的人，但是他也是一位教育家、语言学家，其著作《修辞学发凡》时至今日依然属于"经典教材"，二〇一四年还在复旦大学出版社再版。

再者，在教学过程中也可以发现科研题目。我作为首席专家，于 2010 年申报的《中华戏剧通史》，获批当年教育部哲学社会科学研究重大课题攻关项目。二〇一九年的"中国特色戏剧学学科建设研究"也获得当年教育部哲学社会科学研究重大课题攻关项目……

因此，要做好大学老师，其实是一件颇费力气的事情——不仅要教书育人，还要精钻科研。科研才能真正推动教学，其成果服务于教学。大学校园里常常听人说："我科研成果少，是因为我忙，因为我课多。"从另个角度分析——其实讲课讲得最好的老师，也常常是科研做得最好的老师。在幼儿园里，玩玩嘴皮子还可以，但是在大学是万万不行的。

问：老师与学生之间的最佳状态是什么？

答：进入大学的学生，就是成年人——很多人的自学能力是很强的。严格说来——对任何一个人而言，最好的老师就是图书馆，不管这个人是老师还是学生。"学然后知不足，教然后知困"，因而教学相长，对于师生而言，是最佳状态。

眼下已经从信息时代进入人工智能的时代，知识爆炸的速度都是几何级的。有许多领域，学生掌握知识的能力和水平远超老师，也是完全可能的。老师也要有随时向年轻人学习的心理准备，通过找到适当的切入点和选题，找到自己的不足，总是与年轻人打交道容易跟上时代的步伐。

同样的，父母与子女经常在一起，也不会落后于时代。他们不停地接触到年轻人的新想法、新创意、新技术、新课题，于是双方就会相互启发。学生的反馈也极有可能启发了老师的思维。老师也要充分利用教学中捕捉到的问题推动科研。

问：那么老师教自己的孩子是否更容易？

答：老师的天职，就是教学。但是老师要教自己的孩子就会感到有点难——这一点恰恰说明，师生关系与亲子关系是不同的。

亲子之间的空间不大。空间大，可选择的机会就大。如果长期生活在一起，彼此之间容易没有新鲜感，也没有权威性。父母的天职，是抚养小孩。而老师的天职，则是教书育人。这两者之间的定位，仔细分辨，确实是"各有所长""术业有专攻"的。真的要追求教育效果，还是要在学校里追求。有时候，传统私塾的教育方法，也是可取的。

问：中国传统教学的可取之处能否进一步解释一下？

答：趁着年纪小，就要多背书。年纪小最大的优点就是记性好，所以可以不求甚解地背起来，具体的意思可以今后慢慢体会、理解。这也就是"熟读唐诗三百首，不会作诗也会吟"的内涵之一。

戏曲教学也有与之共通之处——先依葫芦画瓢地学习手眼身法步，熟练之后再慢慢领会其中深意——这也好比是练毛笔字先描红一样，然后才会慢慢写出独树一帜的笔墨。这与西方话剧的体验派是有很大区别的。

问：那么，是否应该先模仿后理解、先理解再创造？学习的阶段，应该如何精进？

答：小学时期要多多模仿，好比练字"描红"到"临帖"。即便是写作文，也是从模仿开始更容易上手。到了中学，就要减少模仿，要开始进入"创造性劳动"的阶段。当小学模仿后形成的"条件反射"，形成了一定的优质基底的形貌之后，创造性的发挥、个性的表达就显得更为重要。创造性激发的个性抒发，是文化艺术作品最后分出高下的重要标志之一。

当下中小学语文教学的流弊难以一一赘述，但是创造性缺失肯定是排在前列的。有时候，教学方法的落后，确实会把一流的学生，统统塑造成三流人才——这种事，甚至在大学语文教学中也会发生。

从一九八三年出版《王骥德曲律研究》并在次年获得首届全国戏剧理论著作奖，一九八四年学术论文《沈璟曲学辩争录》获上海市首届文科优秀论文奖等若干个国家级、上海市"首届"评奖中的最高级别奖项，到一九九二年被授予"国家级突出贡献中青年专家"称号，二〇〇六年荣获"上海市高校名师奖"，二〇〇九年被文化部授予"昆曲优秀理论研究人员"荣誉同时被聘为上海市文史研究馆馆员，二〇一九年作为首席专家申报的"中国特色戏剧学学科建设研究"荣获教育部哲学社会科学研究重大课题攻关项目……

这个酷暑，叶长海教授坐在中国戏剧高等研究院的电脑椅上回忆："我从教六十年，考上研究生时三十五岁，大学教龄四十多年……我最喜欢的还是教书育人与学术研究。"在回首六十年的日子里，叶老师用一首七绝表达自己的感思，题为《壬寅有感》：

寻常日月再壬寅，传道黉门六十春。
每共诸生修学艺，其中甘苦自难陈。

二〇二二年八月十二日

后 记

今年是叶长海教授从教六十周年，我们几位上戏校友选编一部叶师的诗文选集，作为纪念。叶长海老师曾任上戏戏文系主任、校学术委员会主任。现任上戏中国戏剧高等研究院院长、上海市文史研究馆馆员、中国古代戏曲学会会长。

本书的诗词五十多首是从叶师所作几百首作品中精选出的，主要内容是歌颂祖国大好河山、咏唱祖国建设事业的艰辛与成就，以及文艺交流、师友往来等。文章三十七篇大多是从叶师已出版的几本文集中选出。这些文章都是叶师数十年间所写的文艺散文及文化随笔。多数文章篇幅短小，但内容丰富充实，可读性强。从这些文章中可以看出前辈学者数十年间的生活阅历、艺术实践及思想历程。

叶老师是位儒雅、严谨的学者，不论寒暑，教学楼里都能看到他忙碌的身影，那种专注与投入总是令年轻一辈自惭形秽。在他几十年坚持不懈的努力中，已经逐步将中国戏剧学这门学科打造成全国一流的、有世界对话意义的学科。从我十八岁考入上海戏剧学院，本科、硕士研究生和博士研究生在读期间，叶老师言传身教，给了我最无微不至的关心，教会我研究问题的方法、思考的角度和学术规范，在我工作最忙碌的时候，给予一针见血的指导。叶老师特别讲究因材施教，对资质、经历不同的同学往往施以不同教诲，常常见到有同学和叶师谈完话后豁然开朗，出门时脸上神情都有变化。如今，叶师的学生已遍布全国的文化单位，还有很多在高校任教，大家都在自己的岗位上兢兢业业，将师门精神继承下去。

犹记二〇一九年，叶老师为纪念自己的导师陈古虞先生百年诞辰，积极奔走，为陈老出版《陈古虞文存》、整理影像资料、举办规模盛大的研讨会，并在《文汇报》撰文回忆这位几乎被世人遗忘的学者。叶老师的另一位导师陈多先生，生前留下许多油印教材。叶老师指导学生把讲义整理出来，这才有了《戏曲美学》等经典书籍。这本书出版后一版再版，要了解中国戏曲精神，没有人绕得开这本经典之作。叶老师为导师们做的事，让人感佩，我们的文脉和传统就是这样默默留传下去。

师恩如海。人生没有几个二十年，何其有幸，自己能在青春时期开始接受叶老师的教诲。师母曾笑称我是从学校"三进三出"。一次聊天，我告知叶师在一个南宋纪录片里看到对他的采访，出乎意料，叶师用手指着自己额前的白发问："片子里白头发在哪个位置？如果在那里，大概是五年前拍的。"他又比画了一下说："如果在这里，是八年前。"老师说着笑起来，我却非常感慨。

　　在叶老师从教六十周年的日子里，我们有幸为老师选编了
这本书，表达我们对老师深挚敬意的同时，也希图让专业同行
以及广大读者更加了解叶老师在许多领域所获得的创造性成果。
书已成，不知能否实现初衷，敬祈读者批评指正。

　　　　　　　　　　　　　　　　　　王淑瑾

　　　　　　　　　　　　　　　　　　二〇二二年教师节

图书在版编目（ＣＩＰ）数据

叶长海诗文选 / 王淑瑾主编 . -- 上海：文汇出版
社 , 2022.10
　ISBN 978-7-5496-3907-6

　Ⅰ . ①叶… Ⅱ . ①王… Ⅲ . ①诗词－作品集－中国－
当代②散文集－中国－当代 Ⅳ . ① I217.2

　中国版本图书馆 CIP 数据核字（2022）第 202111 号

叶长海诗文选

主　　编 / 王淑瑾
特邀编辑 / 马天恒
助理编辑 / 陈　星

责任编辑 / 鲍广丽
装帧设计 / 邵　旻
肖像摄影 / 陆旭英

出 版 人 / 周伯军

出版发行 / **文汇**出版社
　　　　　上海市威海路 755 号（邮政编码 200041）
经　　销 / 全国新华书店
印刷装订 / 上海颛辉印刷厂有限公司
版　　次 / 2022 年 10 月第 1 版
印　　次 / 2022 年 10 月第 1 次印刷
开　　本 / 890×1240 1/32
字　　数 / 200 千字
印　　张 / 10.125（插页 2）

ISBN　978-7-5496-3907-6
定　　价 / 98.00 元